名家作品
名师赏析系列

巴金作品
学生版

巴金 — 著
杨邦俊 — 赏析

长江出版传媒 长江文艺出版社

图书在版编目（CIP）数据

巴金作品：学生版 / 巴金著；杨邦俊赏析. -- 武汉：长江文艺出版社，2022.6
（名家作品. 名师赏析系列）
ISBN 978-7-5702-2643-6

Ⅰ. ①巴… Ⅱ. ①巴… ②杨… Ⅲ. ①散文集－中国－现代 Ⅳ. ①I266

中国版本图书馆 CIP 数据核字(2022)第 069342 号

巴金作品：学生版
BAJIN ZUOPIN：XUESHENG BAN

责任编辑：田敦国	责任校对：毛季慧
装帧设计：天行云翼·宋晓亮	责任印制：邱 莉 王光兴

出版：长江出版传媒 长江文艺出版社
地址：武汉市雄楚大街 268 号　　邮编：430070
发行：长江文艺出版社
http://www.cjlap.com
印刷：湖北新华印务有限公司

开本：640 毫米×970 毫米　1/16　　印张：13　　插页：1 页
版次：2022 年 6 月第 1 版　　2022 年 6 月第 1 次印刷
字数：122 千字

定价：25.00 元

版权所有，盗版必究（举报电话：027—87679308　87679310）
（图书出现印装问题，本社负责调换）

真读妙契识书韵

杨邦俊

中学时代最有价值的事情,莫过于与书结缘,识得书中的韵味,享受暖暖的滋润。

捧一本心爱的小书,在光光的天底下,敞开心扉,用心灵去摩挲那米黄的书页,心也随着故事奔向远方——这种不带任何功利的阅读,是最真实的阅读。唯有如此风雅,方能妙契自然,真心喜欢上阅读,与书结下不解之缘。长江文艺出版社推出的这本书,就是这样一部可供我们真读的佳作。

翻开手头这本集子,如同走进中秋月夜,满满的是清辉、宁静和深邃,扣动我们心灵的还有相思、不舍与怀念。

一

《鸟的天堂》写巴金早年在华南西江游历的一段经历。作者带着闲适的心境,走进新会乡村一处小鸟的天堂,用连环顶真的手法,写出了观鸟的真趣:"看清楚这只,又看漏了那只,看见了那只,第三只又飞走了""三只桨有规律地在水里拨动"。那声音就像一支乐曲,因为内心宁静,能够捕捉到自然的真声,传达出对大自然的赞美和内心深处的愉悦。"沙多—吉里"是巴黎近郊的一座小城,法国著名寓言诗人让·德·拉封丹就诞生在这里。1927年巴金来到拉封丹中学就读,创作完成他的处女作《灭亡》。20世纪70年代,作者以古稀之身,重返故城,去找寻自己生命的痕迹。巴老找到了自己的书桌,看到桌上还放着自己的书籍和练习簿册,稍立房外,仿佛又回到那些宁静的日子。后院的苦栗树还在,仍然枝叶繁茂。作者心怀感激,写下《沙多—吉里》这篇美文。这些看似闲碎的回忆,饱含生命的本质。阅读这些作品,也能分享到一个世纪老人对岁月那份粗疏的怀念之情。

阅读是带着我们的心灵去旅行,唯有给自己的思想放个假,才能慵懒地享受一路的阳光、雨露,随意也随缘地去领略那大自然的灵动和生气,获得恬适的春意。

二

读完《小狗包弟》,我只想说:"人有时不是人,但狗永远都是狗。"一条与人相依为命的小狗,一条给人带来无限快乐的小狗,却因一场变故而不得不惨遭抛弃。这本是一件小事,在一般人看来,为了生存抛弃一条小狗,又算什么!但巴金不这样想。狗是情义之兽,能与主人同生共死,但人类怎么就能因自身遭遇变故,人情殆尽,就背叛狗呢?这是一个严肃的问题,这是人类在自然生物法庭上遭到审判时必须回答的一个问题。

　　作者说:"不能保护一条小狗,我感到羞耻;为了想保全自己,我把包弟送到解剖桌上,我瞧不起自己,我不能原谅自己!"我们在生活中也经常遭遇类似的事情,巴金不能原谅自己,难道我们就能原谅自己。拭干眼角的泪珠,心头泛起一种深深的凄凉,后来的日子,我们还要读,读我们自己的《小狗包弟》。

　　妻子萧珊陪伴巴金走完风雨人生,晚年,却因自己而受到牵连,身患绝症得不到及时治疗,最后连诀别的话也没留下一句就离开人世。人类有时不能选择自己要的生活,人生也难免遇到厄运,但那些至亲的人们,因患难与共、相濡以沫而伟大。读过这些作品,我们深深地为之震撼。在心中一遍又一遍对自己说:明天的太阳升起来了,我们一定不能让乌云遮住了他的光芒。即使到了昏暗的夜晚,我们也要寻找月光,不能让黑暗吞噬了我们的灵魂。

　　阅读是给我们的灵魂沐浴,书中有数不尽的是清流和温泉,甚或还有佛门与山寺,投身其里,能够澡雪精神,悄然荡去我们满身的俗气,把心灵还给山林,参悟深幽的禅意。

三

　　《月夜》写于20世纪30年代,华南地区觉悟农民与乡村土豪之间残酷斗争的故事,但作者不像一般小说那样,采用简单直白的方式来表达主题,而是把人物的悲剧置于一个优美的环境中来展现,把复杂的政权争斗缩放到一块狭小的河岸边来展示，既有中国古代诗歌的意境美，又有现代小说的结构美。故事虽小，优美和残酷结合，包含着丰富的社会内容，保持了巴金前期一贯的青春明朗的格调，给人以清新的感受和含蓄的韵味。要真正读懂小说的这些韵味，需要跳出传统小说阅读的俗套，像鉴赏诗歌意境一样，关注文中的景物和意象描写，细心体会文本深处隐藏的情感。

这种风格的作品在这本集子中，还有《静寂的园子》等名篇。抗战时期，昆明虽然是大后方，但是这里仍然充满了恐怖的气氛。作者没有明写战争的硝烟，描写的却是园子的寂静。松鼠在窃窃私行，各种鸟无知发出叫声，听不到狗的叫声，自然也就没有人影。这寂静里满是战争，满是恐怖，全用景物来暗示，给文章蒙上了一层凄美的诗意。

阅读是良知来敲门，叩问的是我们的良心，书中有滚滚红尘，有历史的暗角，阅读能够开启我们的冰心，送给我们玉壶，收敛尘世的聒噪，消净衮冕上的浮华，淘尽战争的硝烟。

四

《醉》《生》《梦》《死》是一组生活素描，作者把诗意的笔触对准人情世相，写出了世界的本色。读后，我最喜欢其中的《醉》和《梦》。

前者的选材和立意异常新颖，文章从醉汉的一句醉语写起："我没有醉，我没有醉！"表面上写的是一个落魄书生的神态，实际上透视的是人生。

"我醉了时便捧着沉重的头，说不出一句话。"

文中醉翁这句带有自夸和轻解意味的谑语，既是日常生活中众多醉汉的写真，也有豪放饮客潇洒的美姿，甚或还有古今仁人志士深广的幽愤。在那个众人皆醉的时代，醉汉，或是醉公的这句醉语，自然就是中国社会的缩影。

后者用"你""我"对话的形式，记述了作者的一个梦，梦中的境界很是唯美：

我跟着你一步一步地走过平坦的石板路，我望着你的背影，心里安慰地想：父亲还很健康呢。一种幸福的感觉使我的全身发热了。

作者说他不知道自己是在梦中，也忘记了二十五年来的艰苦日子。睁开眼睛，现实的世界除了自己，什么也没有，有的只是滴滴的雨声。

作者就这样让长夜在滴滴的雨声中进行。

"至人无梦""平庸的人"才有这等梦境。试问谁不愿意这样平庸下去？文章就是这样的充满诗意，到处是大自然的声音，撞击的却是我们的灵魂，在心底发出一阵一阵的回响。

阅读是与智者同行，有了书就有朋友，就有了生活的世界。但不是每个人都能读懂它，唯有耳聪目明，才能听得见来自世界边缘的声音，感受到街头村尾那些卑微的低吟，对生命的敬畏和爱意便会油然而生。

写作需要灵感，阅读需要敏感，书韵自在其中：相信这才是阅读规则。如此暖读，方为一个真正的读者，也才是一个智慧的契者，每日咀嚼书中不尽的韵味。

目 录

- 001　灯
- 005　海上日出
- 007　索桥的故事
- 011　给家乡孩子的信
- 014　繁星
- 016　桂林的微雨
- 022　月夜
- 033　将军
- 045　隐身珠
- 056　鸟的天堂

- 061 我的心
- 065 呓语
- 069 爱尔克的灯光
- 075 死
- 087 梦
- 092 生
- 099 醉
- 105 忆
- 112 家庭的环境
- 134 我的幼年
- 144 我的老家
- 152 怀念萧珊
- 167 再访巴黎
- 171 小狗包弟
- 177 病中（一）
- 182 静寂的园子
- 186 筑渝道上
- 192 沙多—吉里

灯

我半夜从噩梦中惊醒,感觉到室闷,便起来到廊上去呼吸寒夜的空气。

夜是漆黑的一片,在我的脚下仿佛横着沉睡的大海,但是渐渐地像浪花似的浮起来灰白色的马路。然后夜的黑色逐渐减淡。哪里是山,哪里是房屋,哪里是菜园,我终于分辨出来了。

在右边,傍山建筑的几处平房里射出来几点灯光,它们给我扫淡了黑暗的颜色。

我望着这些灯,灯光带着昏黄色,似乎还在寒气的袭击中微微颤抖。有一两次我以为灯会灭了。但是一转眼昏黄色的光又在前面亮起来。这些深夜还燃着的灯,它们(似乎只有它们)默默地在散布一点点的光和热,不仅给我,而且还给那些寒夜里不能睡眠的人,和那些这时候还在黑暗中摸索的行路人。是的,那边不是起了一阵急促的脚步声吗?谁从城里走回乡下来了?过了一会儿,一个黑暗在我眼前晃一下。影子走得极快,好像在跑,又像在溜,我了解这个人急忙赶回家去的心情。那么,我想,在这个人的眼里、心上,前面那些灯光会显得是更明亮、更温暖吧。

我自己也有过这样的经验。只有一点微弱的灯光,就是那一点仿佛随时都会被黑暗扑灭的灯光也可以鼓舞我多走一段长长的路。大片的飞雪飘打在我的脸上，我的皮鞋不时陷在泥泞的土路中，风几次要把我摔倒在污泥里。我似乎走进了一个迷阵，永远找不到出口，看不见路的尽头。但是我始终挺起身子向前迈步，因为我看见了一点豆大的灯光。灯光，不管是哪个人家的灯光，都可以给行人——甚至像我这样的一个异乡人——指路。

这已经是许多年前的事了。我的生活中有过了好些大的变化。现在我站在廊上望山脚的灯光，那灯光跟好些年前的灯光不是同样的么？我看不出一点分别！为什么？我现在不是安安静静地站在自己楼房前面的廊上么？我并没有在雨中摸夜路。但是看见灯光，我却忽然感到安慰，得到鼓舞。难道是我的心在黑夜里徘徊；它被噩梦引入了迷阵，到这时才找到归路？

我对自己的这个疑问不能够给一个确定的回答。但是我知道我的心渐渐地安定了，呼吸也畅快了许多。我应该感谢这些我不知道姓名的人家的灯光。

他们点灯不是为我，在他们的梦寐中也不会出现我的影子。但是我的心仍然得到了益处。我爱这样的灯光。几盏灯甚或一盏灯的微光固然不能照彻黑暗，可是它也会给寒夜里一些不眠的人带来一点勇气，一点温暖。

孤寂的海上的灯塔挽救了许多船只的沉没，任何航行的船只都可以得到那灯光的指引。哈里希岛上的姐姐为着弟弟点在窗前的长夜孤灯，虽然不曾唤回那个航海远去的弟弟，可是不少捕鱼归来的邻人都得到了它的帮助。

再回溯到远古的年代去。古希腊女教士希洛点燃的火炬照

亮了每夜泅过海峡来的利安得尔的眼睛。有一个夜晚暴风雨把火炬弄灭了，让那个勇敢的情人溺死在海里。但是熊熊的火光至今还隐约地亮在我们的眼前，似乎那火炬并没有跟着殉情的古美人永沉海底。

这些光都不是为我燃着的，可是连我也分到了它们的一点恩泽——一点光，一点热。光驱散了我心灵里的黑暗，热促成它的发育。一个朋友说："我们不是单靠吃米活着。"我自然也是如此。我的心常常在黑暗的海上漂浮，要不是得着灯光的指引，它有一天也会永沉海底。

我想起了另一位友人的故事：他怀着满心难治的伤痛和必死之心，投到江南的一条河里。到了水中，他听见一声叫喊（"救人啊！"），看见一点灯光，模糊中他还听见一阵喧闹，以后便失去知觉。醒过来时他发觉自己躺在一个陌生人的家中，桌上一盏油灯，眼前几张诚恳、亲切的脸。"这人间毕竟还有温暖，"他感激地想着，从此他改变了生活态度。"绝望"没有了，"悲观"消失了，他成了一个热爱生命的积极的人。这已经是二三十年前的事了。我最近还见到这位朋友。那一点灯光居然鼓舞一个出门求死的人多活了这许多年，而且使他到现在还活得健壮。我没有跟他重谈起灯光的话。但是我想，那一点微光一定还在他的心灵中摇晃。

在这人间，灯光是不会灭的——我想着，想着，不觉对着山那边微笑了。

1942年2月在桂林

名师赏析

  优秀的散文大都通过优美的意象描写暗示主旨,借助情感线索来结构全篇。本文从自己的心情写起,引出对灯光的描写,又以此为线索,展开丰富的联想。从现实的观察写到历史的回顾,不时引入传说故事,意在暗示文本的主旨——"灯光是不会灭的"。

  作者善于通过眼前景物的描写,引发联想。比如,写眼前的灯光,"默默地在散布一点点的光和热",由此想到自己一次风雪夜行时对灯光的感受,"大片的飞雪飘打在我的脸上",眼前无边无际的黑暗,没有路、没有尽头,但"一点豆大的灯光"给我指明前途。把眼前的灯光和记忆中的灯光交织起来描写,由实而虚,写出灯光不仅给夜行者带来光明,指明方向,还给自己和他人带来心灵的安慰、鼓舞,表达作者的赞美之情。

  象征是文学作品常用的手法,文章借助灯光的形象描写来讴歌光明,象征未来,表达迎接胜利的心绪。取材广泛,立意集中,开阖自如,奇正相生。语言更是简约、明快、庄重、隽永。

海上日出

　　为了看日出，我常常早起。那时天还没有大亮，周围很静，只听见船里机器的声音。天空还是一片浅蓝，很浅很浅的。转眼间，天水相接的地方出现了一道红霞。红霞的范围慢慢扩大，越来越亮。我知道太阳就要从天边升起来了，便目不转睛地望着那里。

　　果然，过了一会儿，那里出现了太阳的小半边脸，红是红得很，却没有亮光。太阳像负着什么重担似的，慢慢地，一纵一纵地，使劲儿向上升。到了最后，它终于冲破了云霞，完全跳出了海面，颜色真红得可爱。一刹那间，这深红的圆东西发出夺目的亮光，射得人眼睛发痛。它旁边的云也突然有了光彩。

　　有时候太阳躲进云里。阳光透过云缝直射到水面上，很难分辨出哪里是水，哪里是天，只看见一片灿烂的亮光。有时候天边有黑云，云还很厚。太阳升起来，人看不见它。它的光芒给黑云镶了一道光亮的金边。后来，太阳慢慢透出重围，出现在天空，把一片片云染成了紫色或者红色。这时候，不仅是太阳、云和海水，连我自己也成了光亮的了。

　　这不是伟大的奇观么？

1927 年 1 月

名师赏析

　　散文短章，以精粹取胜。往往选点很小，描摹生动，神溢言外。具有言约义丰、以少胜多的艺术特点。

　　本文描写海上日出的一个场景，但作者善于铺垫，先从背景写起，写日出前天空、大海色彩的变化，然后集中笔墨写日出时的情景，着重描绘太阳由将出、半升到全出时的形状、色彩和光华的变化，层次分明，刻画细腻。加上文笔独到，赋予人的动作和感情，写出了朝阳的可爱。人物的心情也随之变化，时而兴奋，时而心急，最后也像升起的太阳一样如释重负，扣人心弦。结尾采用对比和反衬的手法，写周边云彩的变化，使朝阳的特点更加突出。全场描写，生动凝练，摇曳多姿。

　　文章用词生动，比如"到了最后，它终于冲破了云霞，完全跳出了海面，颜色真红得可爱"，动词"冲""跳"的运用，写出了太阳顽强的生命力和势不可当的威力，展现了红日出海的壮阔景象！行文方面，前后呼应，结构精巧。开篇写"为了看日出，我常常早起"，一语点题，干净利落。"那时天还没大亮"，点明看日出的时间，又照应"早起"。"周围很静，只听见船里机器的声音"，用"声音"反衬看日出时色彩纯净、气氛清幽的环境，这些都具有极高的鉴赏价值。

索桥的故事

　　四川灌县二王庙山脚有一座索桥,叫作"安澜桥"。桥身有一里光景长,是用粗的竹索挽成的,竹索上面铺着一块一块的木板,木板铺得不整齐,中间还露缝。木板不宽,也不长,三个人并排走在上面,就不大方便。有的板上有洞,有的木板断折。人走在桥上,看得见木板下面岷江的绿水,也看得见桥下的砂石。冬天水少,桥显得更高,要是人在桥上走,眼睛只顾穿过缝隙望下面,就会看得头晕眼花。幸好桥两旁有竹索编的栏杆,即使人失了脚,也不会落到水里去。索桥并没有桥墩,高高的竹架代替了它们。架子比栏杆高,还有一个顶盖,在竖立架子的地方,桥身就像小山坡似的高起来,过了顶盖下面,桥身又往下斜,然后再向第二个顶盖升上去。

　　凡是到都江堰参观的人都要来看看索桥。那天我从山上二王庙下来,在索桥上来回走了两次。桥身微微地摆动,我往前走,桥也好像在往前走。一个乡下人挑着担子迎面走来,桥一下子动得厉害了。我走过他身边,加快脚步往高处去。忽然起了一阵笑声,两个小孩从高处跑下来,桥接着大大动了一会儿。我连忙走上高处,又继续往下走。我刚走了一半路程,就停下来,站在栏杆前埋头看下面。我的眼光正落在"分水鱼嘴"

上。我起初看不出来这个光滑的、鱼嘴般的"石头"是什么东西,后来才知道它是把岷江分为内外两条江的工程。这个"鱼嘴"在都江堰的前端,都江堰便是两千两百多年以前李冰父子在岷江中修筑的一条大堤。二王庙就是为了纪念李冰和他的儿子二郎修建的。

我看看"鱼嘴",看看"鱼嘴"两旁数不清的砂石,我又往前走了。回来的时候,我把"鱼嘴"再看了一阵。"鱼嘴"依旧摆在那里,看一百遍也看不出什么变化,可是在它上面,我好像看到了两千两百多年前人们的手和心。这个"石头"是会说话的。那许多用手建造了这个"鱼嘴"的人,虽然没有留下名字,可是留下了他们的心。就在离这里九公里的紫坪铺,在将近一公里长的河谷的两岸,上千的忙碌工作的年轻人,他们的心不是跟两千两百多年前那些人的心一样的么?大的水电站就要在那里动工修建了。

我走下了索桥,同来的友人刚看过山脚的一块石碑。他告诉我,这索桥又叫作"何公何母桥",是清朝初年一个姓何的教书先生设计修建的。那个时候人们没法在这么宽的两岸上修一座桥。何先生想出了造索桥的办法。桥造成了,人们来来往往,感到便利。可是桥上没有栏杆,在摇摆的木板上走起来,并不是十分安全的事,不多久就有人失脚从桥上摔下去,死了。不满意何先生的官府把责任完全推到何先生的身上,将他逮捕处死。何先生的妻子决心要替丈夫雪冤,要实现丈夫的真正的愿望,她想来想去,终于想出了办法,用竹索在桥两旁编上了栏杆,从此,危险的桥变成了安全的桥,使得三百年后的小孩也能够在桥上跑来跑去,发出一阵阵的笑声。

我不能说这个故事是千真万确的,然而碑上的文字让我们看见了那一对夫妇的心。我走下索桥,满头大汗,不用说,我走得疲乏了,我的脚也开始发热。可是三百年前人们的心也给我带来温暖。那样的心,那种想帮助多数人、想跟多数人的心贴近、为了多数人甚至牺牲自己的伟大的心是不会死的,不管经过百年千载,它都会发光,就像高尔基在一篇故事里所描写的"燃烧的心"那样。勇士丹柯挖出自己的心拿在手上,心在燃烧、发光,给人们带路。"何公何母"的心给每一个走过索桥的人添一些温暖,甚至在三百年以后的寒冷的冬天,我站在桥头还会揭下帽子当团扇来扇。

索桥的故事自然不止这么一点,都江堰也还有许多动人的故事。然而故事是讲不完的,谁要是到都江堰走一趟,谁要是在索桥上站片刻,他一定会得到比故事更美、更好的东西。

1956年12月写于成都

 **名师赏析**

叙事文学离不开写人和叙事。三百多年前,文中的何先生因为一座索桥而失去生命,他的妻子为了替丈夫雪冤,在桥边围上栏杆,防止他人出现危险。三百年后,虽然故人已逝,但索桥仍在,栏杆犹存,"那样的心,那种想帮助多数人,想跟多数人的心贴近,为了多数人甚至牺牲自己的伟大

的心",永远不会死去。

　　文章通过讲述与索桥有关的故事,抒发作者对"更美,更好"东西的赞美与向往之情,表达作者对"那对夫妇的心"的敬意。写作的重点不在"桥",而在与桥有关的人事,引导人们关注"比故事更美,更好的东西"。

　　全文以索桥为线索,以何先生夫妻二人的故事为内容,表现人物的精神品质,善于在叙事中写意,于娓娓的叙述中,穿插自己的评论,揭示文本主旨,叙事散文的特点非常鲜明。

给家乡孩子的信

亲爱的同学们：

谢谢你们写信给我，一大堆信！我数了数，一共40封，好像你们都站在我面前，争先恐后，讲个不停，好不热闹！家乡的孩子们，感谢你们给我这个老人带来温暖。

我有病，写字困难，提着笔的手不听指挥，不要说给每个同学写一封回信，或者像五年级郭小娟同学所要的那样一小段话，就只给你们大家回一封信也十分吃力，有时候一支笔在我的手里有千斤重。怎么办呢？无论如何，我不能使家乡的孩子们失望，我终于拿起了笔。请原谅，我今年不能回家乡，并不是不愿意看望你们，正相反，我多么想看见你们天真的笑脸，多么想听见你们歌唱般的话语，但是我没有体力和精力支持这样一次长途的旅行。那么，就让这封信代替我同你们见面吧。

不要把我当作什么杰出人物，我只是一个普通人。我写作不是我有才华，而是我有感情，对我的祖国和同胞有无限的爱，我用作品表达我的这种感情。我今年87岁，今天回顾过去，说不上失败，也谈不到成功，我只是老老实实、平平凡凡地走过了这一生。我思索，我追求，终于明白生命的意义在于奉献而不在于享受。我在回答和平街小学同学们的信中说："我愿意再活一次,重新学习,重新工作,让我的生命开花结果。"有人问我生命开花结果是什么意思。我说:"人活着不是为了白吃干饭,我们活着就是要给我们生活其中的社会添上一点光彩。这个我们办得到,因为我们每个人都有更多的爱,更多的同情,更多的精力,更多的时间,比维持我们自己生存所需要的多得多。只有为别人花费它们,我们的生命才会开花。一心为自己的人什么也得不到。"

我和别人一样,也希望看到自己的生命开花。但是我不可能再活一次。过去我浪费了不少的光阴,现在我快走到路的尽头,剩下的日子已经不多了。我十分珍惜这有限的一分一秒。

亲爱的家乡孩子们,我真羡慕你们。你们前面有无比宽广的道路,你们心里有那么美好的事物,爱惜你们可以使用的宝贵时间,好好地学习吧,希望在你们身上。

我真诚地祝福你们。

巴金
1991 年 5 月 15 日

名师赏析

> 写文章要有真情实感。古人曾说:"情者文之经,辞者理之纬。"情理确定了文词才会畅达,这是写作一篇文章的根本。

本文是巴金先生写给家乡孩子们的一封信。作者以自己一生的感悟，向孩子们讲述"生命的意义在于奉献而不在于享受"的道理。"人活着不是为了白吃干饭，我们活着就是要给我们生活其中的社会添上一点光彩"，作者用饱含深情的笔调，表达对家乡孩子们真诚的关爱与无限的期望，情感特别浓烈，深沉。

　　看似一封普通的回信，却富含哲理。文章不乏形象的比喻，比如"让我的生命开花结果"，巧妙设喻，以象达意，表达深刻的主题——为他人花费时间，同情更多的人，给予别人更多，为别人多想一点，生命才会更有价值、更有意义。具有"立象以尽意"的显著特点。

繁　星

我爱月夜，但我也爱星天。从前在家乡，七、八月的夜晚，在庭院里纳凉的时候，我最爱看天上密密麻麻的繁星。望着星天，我就会忘记一切，仿佛回到了母亲的怀里似的。

三年前在南京，我住的地方有一道后门，每晚我打开后门，便看见一个静寂的夜。下面是一片菜园，上面是星群密布的蓝天。星光在我们的肉眼里虽然微小，然而它使我们觉得光明无处不在。那时候我正在读一些关于天文学的书，也认得一些星星，好像它们就是我的朋友，它们常常在和我谈话一样。

如今在海上，每晚和繁星相对，我把它们认得很熟了。我躺在舱面上，仰望天空。深蓝色的天空里悬着无数半明半昧的星。船在动，星也在动，它们是这样低，真是摇摇欲坠呢！渐渐地我的眼睛模糊了，我好像看见无数萤火虫在我的周围飞舞。海上的夜是柔和的，是静寂的，是梦幻的。我望着那许多认识的星，我仿佛看见它们在对我霎眼，我仿佛听见它们在小声说话。这时我忘记了一切。在星的怀抱中我微笑着，我沉睡着。我觉得自己是一个小孩子，现在睡在母亲的怀里了。

有一夜，那个在哥伦波上船的英国人指给我看天上的巨人。他用手指着：那四颗明亮的星是头，下面的几颗是身子，这几颗是手,那几颗是腿和脚,还有三颗星算是腰带。经他这一番指点,我果然看清楚了那个天上的巨人。看,那个巨人还在跑呢!

1927年1月

散文的景物描写,要求景中有我。通俗地讲,就是要移情于景,所写之景皆著我之色彩。阅读鉴赏这类作品,要特别留意景物背后的情感。

文中的景物描写即是如此。三次写繁星,寓意特别深厚。由于年龄、阅历、心情的不同和时间、地点、氛围的差异,表现出的意境和感受也有所不同。第一次写在自家院子里卧看繁星,所见有限,但天空深幽旷远,因此作者有一种回到母亲怀抱的感觉。第二次写在南京清幽的菜地闲看繁星,作者正值挣脱家庭的樊笼,回归自然之中,加上接受了自然科学的教育,因而觉得眼前的星星很亲切,光明无所不在。第三次在海上细致观察繁星,船动星移,去异国他乡,有一种淡淡的乡愁,故而有梦幻的感觉。

好的散文一定会使客观景物染上自己的感情,又回转来化成有情之物,即前人说的那种"有我之景"。物与我融,情随景生。阅读这种散文,鉴物亦是赏情。

桂林的微雨

绵绵的细雨成天落着。昨晚以为天就会放晴，今天在枕上又听见了叫人厌烦的一滴一滴的雨声。心里想：这样一滴一滴地滴着，要滴到什么时候为止呢？起来看天，天永远板着脸，在那上面看不见笑的痕迹。我不再存什么希望了。让它落罢，这样一想，心倒沉静下来，窗外有人讲话。我无意间听见一个本地口音说："这种天气谓之好天气。"接着是哈哈的笑声。低的气压似乎被这笑声冲破了。我觉得心境略为畅快。

我初来这里正遇着这样的"好天气"。我觉得烦躁，我感到窒闷。那单调的滴不断似的雨声仿佛打在我的心上，我深夜梦回时不禁奇怪地想：难道我的心是坚厚冷硬的石板，为什么我的心上也响起那同样的声音？

我走在街上，雨水把我的头发打湿，粘成一片。眼前似乎罩了一层雾。我的脚踩进泥水中了。我是在两个半月以前，还是在今天？……我要去找那个书店，看那三张善良的年轻面孔。我以为我就要走到了。

但是，啊，街道忽然缩短了，凭空添了一大片空地。我看不见那个走熟了的书店的影子。于是一道亮光在脑中掠过，另一个景象在眼前出现了。我觉得自己被包围在火焰中。一股一股的焦臭迎面扑来,我的眼睛被烟熏得快要流出眼泪。没有落雨,但是马路给浸湿了。人在跑,手里提着、捧着东西。大堆的书凌乱地堆在路中间。一个女人又焦急又气愤地对两个伸着手的人说:"人家房子都快烧光了,你们还忙着要钱!"她红着脸把手伸进怀里去掏钱。我在这个女人的脸上见到熟人的面容了。我一定在什么地方见过她。不,我应该说是见过这张面孔,这样的表情我在我走过的每一个中国的地方都目击过。这里有悲愤,有痛苦,有焦虑,但是还有一种坚忍的力量……

我再往前走,我仿佛还走在和平的街上。但是一瞬间景象完全改变了。我不得不停止脚步。再没有和平。有的是火焰,窒息呼吸、蒙蔽视线的火焰。墙坍下来,门楼带着火摇摇欲坠;木头和砖瓦堆在新造成的废墟上,像寒夜原野中的篝火似的燃烧着。是这样大的篝火。烧残的书页散落在地上。我要去的那个书店完全做了燃料,我找不到一点遗迹了。

"走,走!"警察在驱逐那些旁观的人。黑色的警帽下闪露着多么深的苦恼和愤怒。……我忽然醒过来了。

我又从一个月以前的日子回到今天来了。雨丝打湿了我的头发。眼镜片上聚着三五滴雨点。我一双鞋底穿了洞的皮鞋在泥泞的道路上擦来磨去。刚刚亮起来的街灯和快要灭尽的白日光线给我指路。迎面走过来两三个撑伞的行人。我经过商务印书馆,整洁的门面完好如旧。我走过中华书局,我看不见非常的景象。但是过了新知书店再往前走……怎么我要去的那个书店不见了?还有我去过的一位朋友的家也不知道连屋瓦都搬到了何处去!剩下的是一片荒凉。几面残剩的危墙应当是那些悲惨的故事的目击者。它们将告诉我一些什么呢?

我站在一堵烧焦了的灰黑的墙壁下，我仰起头去望上面。长的、蛛丝一般的雨打湿了我的头发。墙壁冷酷地立在那里。雨丝洗不去火烧的痕迹。雨落得太迟了！墙壁也许是一个哑子，它在受了那样的残害以后还不肯叫出：复仇！

　　我觉得土地在我的脚下开始摇动了。墙壁在我的眼前倾塌下来。不。没有声音，墙壁车轮似的打了一个转，雨水一下子全干了。墙头发生了火。火毕剥毕剥地燃着。……我又回到一个月以前的日子了。

　　夜色突然覆盖了整个城市。但是蓝空却有一段红的天。红色的火光舐着天幕。火光升起来，落下去，又升起来。这时风势已经减弱了。但是凉风吹过，门楼、屋梁、墙头忽然发出巨响，山崩似的向着新的废墟倒下来。火仍在燃烧，火星差不多要飞到我的棉袍上面。我们穿过一条尚在焚烧的巷子，发出热气的墙壁和还在燃烧的瓦砾使我的额上冒汗了。瓦砾堵塞了平时的道路，我们是踏着火焰走过去的。一个朋友要去探望他那个淹没在火海中的故居，可是那里连作为界限的墙壁也不存在了。他立在一片还在冒烟的瓦砾前摇着头在记忆中找寻帮助。他很快地认出了地点，俯下身子想在砖石堆中挖出一两件他所喜欢的东西。我帮忙他找寻那只画眉的尸骸，却看见已经失了形的打字机的遗体。他自己在另一处找到了鸟笼的烧焦的碎片，他珍惜地用两根手指提起它，说："你看，不是在这里吗？"我这时仿佛听见了那只可怜的鸟的最后哀鸣。

　　"你们找东西的明天来。现在火还没有熄，不好翻。"对面的房屋还是完好的。它能够巍然单独存在于废墟的中间，大概因为它有高的风火墙罢。在门前坐着一个人。上面的话就是从他的口中发出来的。

"我们来找自己的东西。"朋友回答了一句。

"没有人敢来拿东西的,我们在这里给你们看守。有人挑水去了。你看这边那边都还有火。你们明天来罢!"那个守夜的人说。

这个响亮的声音打破了我的梦。我回顾四周,没有朋友,没有守夜的人。现在不是在夜间,我也不要找人和物件。我不要到这里来。但是回忆把我不知不觉地引到这里来了。

我走过环湖路,雨较大了。冰凉的雨点打在我的脸上。脚总是踩在水荡里。雨水已经浸入鞋底,把袜子打湿了。但是鞋底还常常被泥水粘住,好几次要把身体忽然失去平衡的我拖倒在地上。我听见旁边一个年轻人说:"这样的天气真讨厌!"

"讨厌?这算是好天气呢!在这种天气是不会有警报的。"另一个人高声回答。

我已经走过洋桥,更往南走了。我忽然觉得身子轻松,路很快地在我的脚下退去。天晚了。我看见夜幕张开来。雨立刻停止。代替的是火。火又来了。时间一下便跳了回去。

马路上积着水,堆着碎砖,躺着断木,横着电线。整条整条街都只剩下摇晃的墙壁和燃烧的门楼。没有人家。没有从窗户映出的灯光。没有和平的市声。桂林成了一个大的火葬场。耸立的颓垣便是无数的火柱。已经燃烧了五六个钟点了。一家旅馆,我到那里去过两次,那是许多朋友的临时的住家,我看见火在巍峨的门楼上舐着舐着,终于烧断了它,让砖石和焦木带着千万点火星向着我们这面坍下来。是发雷的响声,接着又是许多石块落地的声音。火星向四处放射,像花炮一样。但是在废墟上黑暗的墙角里一个男人尖声叫喊:"救命!"

许多人奔过去,人们乱嚷:"拿电筒来,拿电筒来!"

电筒!我一怔:我手里不是捏着电筒吗?我正要跑过去。但是——我的眼前只有寂寞的废墟,而且被罩在夜幕下面了。我用电筒去照,廉价的小灯泡突然灭了。我才记起来火已经熄了将近一个月了。

"好天气?哼。真正闷死人!我宁肯要晴天,即使飞机来炸,我们也不怕。凭它飞机怎么狠,它能够把我们四万万五千万人炸光吗?"

还是先前那个年轻人,怎么我跟了他们到这里来了?怎么他到现在还谈着那同样的话题?我觉得奇怪。这个人究竟是什么人呢?我想看他一眼。我随手举起电筒,按着电钮。然而没有亮。我才记起我的电筒不亮了。我无法看清楚那个人的脸。我想大概不是做梦罢,也就不再去注意他了。

电筒不亮,就打消了我再往前走的心思。其实这句话也不对。我有点害怕我会再落到一个月以前的日子里去,让那些永不能忘记的景象再度将我的心熬煎。

回到家里,我看见一个月以前自己写在一张破纸上的潦草的字迹:

什么时候才是我们的复仇的日子呢?什么时候应该我们站出来对那些人说:"下来,你们都下来!停止这卑怯的谋杀行为,像一个人那样和我们面对面地肉搏"呢?什么时候轮到我们升到天空去将那些刽子手全打下来呢?

血不能白流,痛苦应该有补偿,牺牲不会是徒然,那样的日子一定会到来!……

我相信自己的话。

1939年1月下旬在桂林

　　本文是一篇用悲愤的眼泪写成的檄文,意在揭露日寇对桂林的大轰炸,控诉侵华日军对中华民族犯下的滔天罪行。但作者又没有从正面写日寇的轰炸,而是采用曲笔,写桂林的雨季给作者生活带来的烦恼。写雨季出行,目睹被日寇轰炸留下的残骸,写残骸下的人情。用反讽的手法,写"这种天气谓之好天气",强烈地表达作者内心深处的愤怒,具有震烁人心的艺术力量。

　　作者用艺术的笔,把那黑暗混沌的岁月,写得细致而又逼真。无论是被烧毁书店女主人对索债人的责问,还是悲痛的房主在废墟中找寻自家画眉的尸骸,甚或是残骸中救命的呼叫,乃至在废墟旁守夜的人和那驱赶旁观者的警察,无不催人泪下。作者正是在这种看似平常的描写中,表达自己无声的愤怒。

　　结尾,笔锋一转,作者写自己回到家里,看见一个月前写在一张破纸上的字迹,借以发出复仇的呐喊,发出一个时代的呼声。

月　夜

　　阿李的船正要开往城里去。

　　圆月慢慢地翻过山坡，把它的光芒射到了河边。这一条小河横卧在山脚下黑暗里，一受到月光，就微微地颤动起来。水缓缓地流着，月光在水面上流动，就像要跟着水流到江里去一样。黑暗是一秒钟一秒钟地淡了，但是它还留下了一个网。山啦，树啦，河啦，田啦，房屋啦，都罩在它的网下面。月光是柔软的，透不过网眼。

　　一条石板道伸进河里，旁边就泊着阿李的船。船停在水莲丛中，被密集丛生的水莲包围着。许多紫色的花朵在那里开放，莲叶就紧紧贴在船头。

　　船里燃着一盏油灯，灯光太微弱了。从外面看，一只睡眠了的船隐藏在一堆黑影里。没有人声，仿佛这里就是一个无人岛。然而的确有人在船上。

　　篷舱里直伸伸地躺着两个客人。一个孩子坐在船头打盹。船夫阿李安闲地坐在船尾抽烟。没有人说话，仿佛话已经说得太多了，再没有新的话好说。客人都是老客人。船每天傍晚开往城里去；第二天上午，就从城里开回来。这样的刻板似的日程很少改变过，这些老客人一个星期里面总要来搭几次船，在一定的时间来，不多说话，在舱里睡一觉，醒过来，船就到城里了。有时候客人在城里上岸，有时候客人转搭小火轮上省城去。那个年轻的客人是乡里的小学教员，家住在城里，星期六的晚上就要进城去。另一个客人是城里的商店伙计，乡下有一个家。为了商店的事情他常常被老板派到省城去。

月光在船头梳那个孩子的乱发，孩子似乎不觉得，他只顾慢慢地摇着头。他的眼睛疲倦地闭着，但是有时又忽然大睁开看看岸上的路，看看水面。没有什么动静。他含糊地哼了一声，又静下去了。

"奇怪，根生这个时候还不来？"小学教员在舱里翻了一个身，低声自语道。他向船头望了望，然后推开旁边那块小窗板，把头伸了出去。

四周很静。没有灯光，岸上的那座祠堂也睡了。路空空地躺在月光下。在船边，离他的头很近，一堆水莲浮在那里，有好几朵紫色的花。

他把头缩回到舱里就关上了窗板，正听见王胜（那个伙计）大声问船夫道：

"喂，阿李，什么时候了？还不开船？"

"根生还没有来。还早，怕什么！"船夫阿李在后面高声回答。

"根生每次七点钟就到了。今晚——"小学教员接口说。他就摸出了表，然后又推开窗板拿表到窗口看，又说："现在已经七点八个字了。他今晚不会来了。"

"会来的，他一定会来的，他要挑东西进城去，"船夫坚决地说。"均先生，你们不要着急。王先生，你也是老客人，我天天给小火轮接送客人,从没有一次脱过班。"

均先生就是小学教员唐均。他说:"根生从来没有迟到过,他每次都是很早就到的,现在却要人等他。"

"今晚恐怕有什么事把他绊住了,"伙计王胜说,他把右脚抬起来架在左脚上面。

"我知道他,他没什么事,他不抽大烟,又不饮酒,不会有什么事留住他。他马上就来!"船夫阿李从船尾慢慢地经过顶篷爬到了船头,一面对客人说话。他叫一声:"阿林!"船头打盹的孩子马上站了起来。

阿李看了孩子一眼,就一脚踏上石板道。他向岸边走了几步,又回来解开裤子小便。白银似的水面上灿烂地闪着金光,圆月正挂在他对面的天空。银光直射到他的头上。月光就像凉水,把他的头洗得好清爽。

在岸上祠堂旁边榕树下一个黑影子在闪动。

"根生来了,"阿李欣慰地自语说,就吩咐孩子,"阿林,预备好,根生来,就开船。"

孩子应了一声,拿起一根竹竿把船稍稍拨了一下,船略略移动,就横靠在岸边。

阿李还站在石板道上。影子近了。他看清楚那个人手里提了一个小藤包,是短短的身材。来的不是根生。那是阿张,他今天也进城去,他是乡里一家杂货店的小老板。

"开船吗?"阿张提了藤包急急走过来,走上石板道,看见阿李,便带笑地问。

"正好,我们还等着根生!"阿李回答。

"八点了!根生一定不来了,"小学教员在舱里大声说。

"奇怪，根生还没来？我知道他从来很早就落船的，"阿张说，就上了船。他把藤包放在外面，人坐在舱板上，从袋里摸出纸烟盒取了一根纸烟燃起来，对着月亮安闲地抽着。

"喂，阿李，根生来吗？"一个剪发的中年女人，穿了一身香云纱衫裤，赤着脚，从岸边大步走来，走上石板道就唤着阿李。

"根生？今晚上大家都在等根生，他倒躲藏起来。他在什么地方，你该知道！"阿李咕噜地抱怨说。

"他今晚没曾来过？"那女人着急了。

"连鬼影也没看见！"

"你不是在跟我开玩笑？人家正在着急！"女人更慌张地问。

"根生嫂，跟你开玩笑，我倒没功夫！我问你根生今晚究竟搭不搭船？"阿李摆着正经面孔说话。

"糟啦！"根生嫂叫出了这两个字，转身就跑。

"喂，根生嫂，根生嫂！回来！"阿李在后面叫起来，他不知道是怎么一回事情。

女人并不理他。她已经跑上岸，就沿着岸边跑，忽然带哭声叫起了根生的名字。

阿李听见了根生嫂的叫声，声音送进耳里，使他的心很不好受。他站在石板道上，好像是呆了。

"什么事？"三个客人都惊讶地问。阿张看得比较清楚。商店伙计爬起来从舱里伸出头问。小学教员推开旁边的窗板把头放到外面去看。

"鬼知道！"阿李掉过头，抱怨地回答。

"根生嫂同根生又闹了架,根生气跑了,一定是这样!"阿张解释说。"人家还说做丈夫的人有福气,哈哈!"他把烟头抛在水里,又吐了一口浓浓的痰,然后笑起来。

"根生从来没跟他的老婆闹过架!我知道一定有别的事!一定有别的事!"阿李严肃地说。他现出纳闷的样子,因为他也不知道这别的事究竟是什么事。

"根生,根生!"女人的尖锐的声音在静夜的空气里飞着,飞到远的地方去了。于是第二个声音又突然响了起来,去追第一个,这个声音比第一个更悲惨,里面荡漾着更多的失望。它不曾把第一个追回来,而自己却跟着第一个跑远了。

"喂,怎么样?阿李!"小学教员翻个身叫起来,他把窗板关上了。没有人回答他。

"开船罢!"商店伙计不能忍耐地催促道,他担心赶不上开往省城的小火轮。

阿李注意地听着女人的叫声,他心上的不安一秒钟一秒钟地增加。他并不回答那两个客人的话。他呆呆地站在那里,听女人唤丈夫的声音,忽然说:"不行,她一定发疯了!"他就急急往岸上跑去。

"阿爸,"那个时时在船头上打盹的孩子立刻跳起来,跑去追他,"你到哪里去?"

阿李只顾跑,不答话。孩子的声音马上就消失了,在空气里不曾留下一点痕迹。空气倒是给女人的哀叫占据了。一丝,一丝,新的,旧的,仿佛银白的月光全是这些哀叫聚合而成的,它们不住地抖动,这些撕裂人心的哀叫,就像一个活泼的生命给毁坏了,给撕碎了,撕碎成一丝一丝,一粒一粒似的。

三个人在泥土路上跑，一个女人，一个船夫，一个孩子。一个追一个。但是孩子跑到中途就站住了。

船依旧靠在石板道旁边，三个客人出来坐在船头，好奇地谈着根生的事情。全是些推测。每个人尽力去想象，尽力去探索。船上热闹起来了。

女人的哀叫渐渐低下去，于是停止了。阿李在一棵树脚下找到了那个女人，她力竭似的坐在那里，身子靠着树干，头发散乱，脸上有泪痕，眼睛张开，望着对岸的黑树林。她低声哭着。

"根生嫂，你在干什么？你疯了吗？有什么事，你讲呀！"阿李跑上去一把抓住她，用力摇着她的膀子，大声说。

根生嫂把头一摆，止了哭，两只黑眼睛睁得圆圆地望着他，仿佛不认识他似的，过了半晌她才迸出哭声说："根生，根生……"

"根生怎么样？你讲呀！"阿李追逼地问。

"我不知道，"女人茫然地回答。

"呸，你不知道，那么为什么就哭起来？你真疯啦！"阿李责骂地说，吐了一口痰在地上。

"他们一定把他抓去了！他们一定把他抓去了！"女人疯狂似的叫着。

"抓去？哪个抓他去？你说根生给人抓去了？"阿李恐怖地问。他的心跳得很厉害。根生是他的朋友。他想，他是个安分的人，人家为什么要把他抓去。

"一定是唐锡藩干的，一定是他！"根生嫂带着哭声说。"昨天根生告诉我唐锡藩在县衙门里报告他通匪。我还不相信。

今天下午根生出去就有人看见唐锡藩的人跟着他。几个人跟着他,还有侦探。他就没有回家来。一定是他们把他抓去了。"她说了又哭。

"唐锡藩,那个拼命刮钱的老龟。他为什么要害根生?恐怕靠不住。根生嫂,你又不曾亲眼看见根生给抓去!"阿李粗声地安慰她。他的声音不及刚才的那样严肃了。

"靠不住?只有你才相信靠不住!唐锡藩没有做到乡长,火气大得很。他派人暗杀义先生,没有杀死义先生,倒把自己的乡长弄掉了!这几天根生正跟着义先生的兄弟敬先生组织农会,跟他作对。我早就劝他不要跟那个老龟作对。他不听我的话,整天嚷着要打倒土豪劣绅。现在完了。捉去不杀头也不会活着回家来。说是通匪,罪名多大!"根生嫂带哭带骂地说。

"唐锡藩,我就不相信他这么厉害!"阿李咕噜地说。

"他有的是钱呀!连县长都是他的好朋友!县长都肯听他的话!"根生嫂的声音又大起来,两只眼睛在冒火,愤怒压倒了悲哀,"像义先生那样的好人,都要被他暗算。……你就忘了阿六的事?根生跟阿六的事并没有两样。"恐怖的表情又在她的脸上出现了。

阿李没有话说了。是的,阿六的事情他还记得很清楚。阿六是一个安分的农民。农忙的时候给人家做帮工,没有工作时就做挑夫。他有一次不肯纳扁担税,带着几个挑夫到包税的唐锡藩家里去闹过。过两天县里公安局就派人来把阿六捉去了,说他有通匪的嫌疑,就判了十五年的徒刑。警察捉阿六的时候,阿六刚刚挑了担子走上阿李的船。阿李看得很清楚。一个安分的人,他从没有做过坏事,衙门里却说他通匪。这是什么样的世界呀!阿李现在相信根生嫂的话了。

阿李的脸色阴沉起来,好像有一块沉重的石头压在他的心上。他绞着手在思索。他想不出什么办法。脑子在发胀,许多景象在他的脑子里轮流变换。他就抓起根生嫂的膀子说:"快起来,即使根生真的给抓去了,我们也得想法救他呀!你坐在这里哭,有什么用处!"他把根生嫂拉起来。两个人沿着河边急急地走着。

他们走不到一半路,正遇着孩子跑过来。孩子跑得很快,高声叫着:"阿爸,"脸色很难看。"根生……"他一把拉住阿李的膀子,再也说不出第二句话。

"根生,什么地方?"根生嫂抢着问,声音抖得厉害。她跑到孩子的面前摇撼他的身子。

"阿林,讲呀!什么事?"阿李也很激动,他感到了一个不吉的预兆。

阿林满头是汗,一张小脸现出恐怖的表情,结结巴巴地说:"根生……在……"他拉着他们两个就跑。

在河畔一段凸出的草地上,三个客人都蹲在那里。草地比土路低了好些。孩子第一个跑到那里去。"阿爸,你看!……"他恐怖地大声叫起来。

根生嫂尖锐地狂叫一声,就跟着跑过去。阿李也跑去了。

河边是一堆水莲,紫色的莲花茂盛地开着。小学教员跪在草地上正拿手拨开水莲,从那里露出了一个人的臃肿的胖身体,它平静地伏在水面上。香云纱裤给一棵树根绊住了。左背下衫子破了一个洞。

"根生！"女人哀声叫着，俯下去伸手拉尸体，伤心地哭起来。

"不中用了！"小学教员掉过头悲哀地对阿李说，声音很低。

"一定是先中了枪，"商店伙计接口说。"看，这许多血迹！"

"我们把他抬上来罢，"杂货店的小老板说。

阿李大声叹了一口气，紧紧捏住孩子的战抖的膀子，痴呆地望着水面。

根生嫂的哭声不停地在空中撞击，好像许多颗心碎在那里面，碎成了一丝一丝，一粒一粒似的。它们渗透了整个月夜。空中、地上、水里仿佛一切全哭了起来，一棵树，一片草，一朵花，一张水莲叶。

静静地这个乡村躺在月光下面，静静地这条小河躺在月光下面。在这悲哀的气氛中，仿佛整个乡村都哭起来了。没有一个人是例外，每个人的眼里都滴下了泪珠。

这晚是一个很美丽的月夜。没有风雨。但是从来不脱班的阿李的船却第一次脱班了。

1933年夏在广州

名师赏析

巴金的短篇小说有诗意小说之誉，情节大多比较简单，自然流畅，故事呈单线发展，如行云流水。但比较注重意象和意境描写，多有寄托。

本文描述土豪劣绅杀害乡民的悲惨事件，但文中并没有正面描写这一过程，而是借船夫耐心的等候，船上人们的疑惑和被杀者之妻寻找丈夫等情节，侧面暗示整个事件的来龙去脉，并通过富有诗意的景物和场景描写，来表达作者的悲愤和伤感之情。文末写到："根生嫂的哭声不停地在空气中撞击着——好像许多颗心碎在那里面，碎成了一丝一丝的，一粒一粒的。它们渗透了全个月夜。空中，地上，水里，仿佛一切全都哭了起来，一株树，一片草，一朵花，一张水莲叶。"凸显了巴金小说的艺术特点。

在语言运用方面，作者善于炼字，通过典型的意象描写来塑造意境。比如"网"字在文中就用得很有特色。用"网"来形容光线，"黑暗是一秒钟一秒钟地淡了，但它还留下了个网把一切都掩覆着。"用网来借代夜幕，"山哪，树哪，河哪，田哪，房屋哪，都被盖在它的网下面。"用网来隐喻黑暗的深重，"月光是柔软的，它透不过这网眼。"又如，文中多次用美丽的水莲花，来反衬现实的黑暗，富有沉思的思想内涵。这些都要像欣赏散文一样仔细品味。

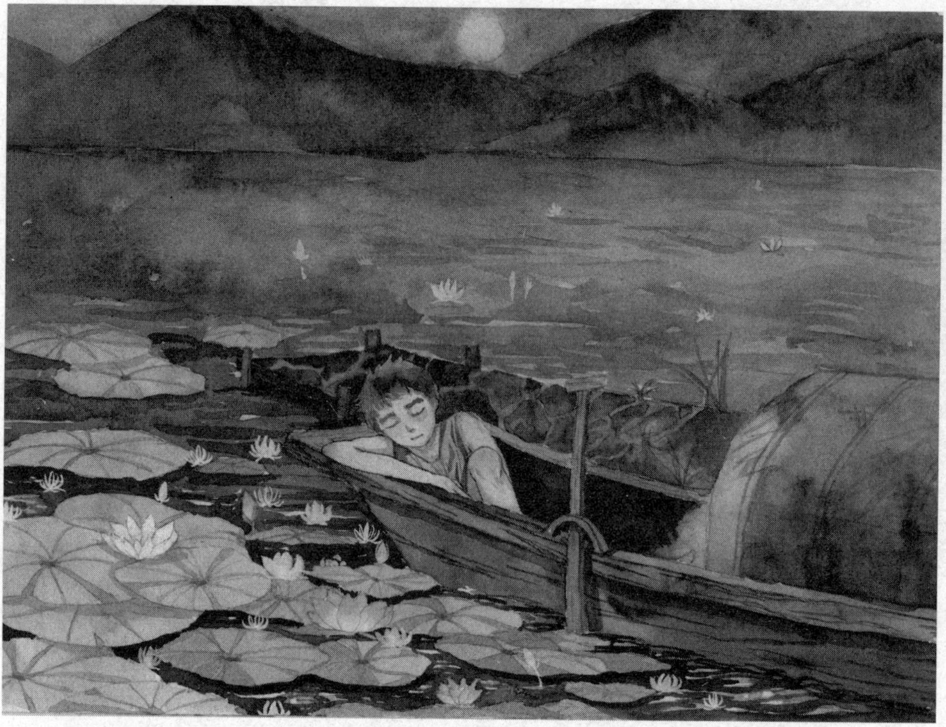

将　军

"你滚开，今晚又碰到你！"费多·诺维科夫突然骂起来，右脚踢到墙角一只瘦黄狗的身上去。那只狗原先缩成了一团，被他一踢便尖声叫起来，马上伸长了身子，一歪一跛地往旁边一条小街跑去了，把清静的马路留给他。

"在你们这里什么都不行，连狗也不咬人，狗也是这么软弱的！"诺维科夫常常气愤地对那个肥胖的中国茶房说。他差不多每个晚上都要在那家小咖啡店里喝酒，一直到把他身边带的钱花光了，才半昏迷地走出来。在那个咖啡店里他是很得意的。他跟那个中国茶房谈话，他什么话都谈。"这不算冷，在你们这里简直不冷。在我们那里冬天会把人的鼻子也冻掉！"他好几次得意地对那个茶房说。那个中国人永远带着笑容听他说话，在这样大的城市里似乎就只有那个人尊敬他，相信他的话。"你们不行，你们什么都不行！"他想到自己受过的委屈而生气的时候，就气愤地对那个中国人骂起来。

他走出咖啡店，不过十几步光景，一股风就对着他迎面吹来，像一根针把他的鼻子刺一下。但是他马上就不觉得痛了。他摇摆着身子，强硬地说："这不算什么，这不算什么。你们这里冬天并不冷，风也是很软弱的。"他想要是在他的家乡，风才真正厉害呢！风在空中卷起来，连人都会给它卷了去。那雪风真可怕！它会把拖着雪车的马吹得倒退。他记得从前他同将军在一起，就是那位有名的除伯次奎亲王，一个晚上，他跟着将军冒雪赶到彼得堡去，马夫在路上冻坏了，马发狂似的在风雪中乱跑，几乎要把车子撞到石壁上去，还是亏他告了奋勇去拉住了马。跟风雪战斗，跟马战斗，的确不是容易的事，但是他到底得了胜利。后来进了旅店，将军很高兴地拍他的肩头说："朋友，你很不错，你应该得一个十字章！"将军还跟他握手呢！后来他升做了中尉。是的，将军很高兴提拔他。他也很有希望做一个将军。但是后来世界一变，什么都完结了。将军死在战场上，他一生的希望也就跟着将军完结了。从那个时候起，许多戏剧的场面接连地在他的眼前出现，变换得那么快，他好像在做梦。最后他漂流到了中国，这个什么都不行的地方，他却只得住下来。他住了下来，就糊里糊涂地混过这几年，现在好像被什么东西绊住了脚跟似的，他要动弹也不能够了。

"中国这地方就像沙漠一样，真是一个寂寞的大沙漠呀！好像就没有一个活人！"他走在清静的马路上，看着黯淡的灯光在寒风里战抖，禁不住要想到家乡，想到家乡他禁不住要发出这样的叹息了。

一辆黑色汽车从他后面跑过来，像蛇一般只一蹿就过去了。灯光在他眼前开始打转，一圈一圈地旋转着，他好像被包围在金光里面。他不觉得奇怪，似乎头变得重一点，心却是很热的。他仿佛听见人在叫他："将军！"他就含糊地应了一声。

他在这里也听惯了"将军"的称呼。起初是他自己口里说着，后来别人就开玩笑地称呼他做"将军"。那个中国茶房就一直叫他做"将军"。那个愚蠢的老实人也许真正相信他是一位将军。他的态度不就像一位将军吗?每次那个茶房称他做"将军",他就骄傲地想:"你们这里有什么将军可以比得上我?他们都配做将军,我为什么不配?"他端起酒杯喝酒的时候,他用轻蔑的眼光把屋子里的陈设看一下,心里非常得意,以为自己真正是一位将军了。

然而从咖啡店出来,他埋头看一下自己的身子,好像将军的官衔被人革掉了似的,他的骄傲马上飞走了。在咖啡店门前没有汽车或者马车等候他,只有一条长的马路伸直地躺在那里。他要回家还得走过这条马路,再转两个弯,走两条街。路不算远,可是他每晚总要在咖啡店里坐到时候很迟才走。他说是回家,但是看他的神情,他又像不愿意回家似的。对那个中国茶房他什么话都肯说,然而一提到家他就胆怯似的把嘴闭紧了。

没有汽车、马车,没有侍从,没有府邸的将军,这算是什么将军呢?有时候他自己也觉得条件不够了,就自然地想到府邸上面来。"现在将军要回府邸了。"有一回喝饱了酒他就大摇大摆地对茶房这样说了,于是挺起肚子走了出去。

给风一吹他的脸有点凉了,脑子里突然现出了一个"家"字,好像这个字是风给他吹进来似的。于是他的眼前就现出来一个房间,一个很简陋的房间,在一个中国人开设的公寓的楼上。这是他的府邸呀。在那个房间里还住着他的妻子安娜。他自己将近五十了,安娜却比他年轻。他做中尉的时候和她结了婚。她是一个小军官的女儿,有着普通俄国女子所有的好处。她同他在一起将近二十年了,他们就没有分开过。她应当是一个很体贴的妻子。但是为什么一提到她。他就觉得不舒服,他就害怕呢?那原因他自己知道,但是他不愿意让别人知道。

"她真的是我的妻子吗?"他每次走进那个弄堂,远远地看见自己的家,就要这样地问他自己。有好几回他走到后门口却不敢按电铃,踌躇了半晌才伸出了手。茶房来开了门,他就扑进里面去,困难地爬上了楼,把钥匙摸出来开了房门。房里照例是空空的,只有香粉的气味在等候他。

"是这样的,是这样的,将军夫人晚上要赴宴会呀!"他扭燃电灯,一个人走来走去,在桌上、床上到处翻了一下,就这样自言自语。他记得很清楚,从前在彼得堡的时候,除伯次奎将军就常常让他的妻子整夜同宾客们周旋,将军自己却忙着做别的事情。"是的,做将军的都是这样,都是这样。"

虽然他这样说,但是他的心并不是很宁静的。他自己并不相信这样的话。不过他的脑子却没有功夫思索了。他就在床上躺下来,换句话说,他就糊里糊涂地睡下了。

他第二天早晨醒来,还看不见安娜。她依旧没有回家,也没有人招呼他,他还得照料自己。后来安娜回来了,她料理他们的中饭,她还给他一点零钱花。

"安鲁席卡,你真漂亮呀!"他看见妻子的粉脸,就这样说。

"费佳,我不许你这样说,你没好心的!"她走过来含笑地让他吻了她。

"我以后不说了。可是我看见你回来,禁不住又要说出这种话。"他像接受恩惠一般地接受了她的吻,说话的时候还带着抱歉的神情。

"你又喝酒了,费佳。我知道,你这个酒鬼,总把钱送到酒上面去。"她好心地责备他。

"不要说了,安鲁席卡,在彼得堡我们整天喝香槟呢!"他哀求似的说了,这自然是夸张的话,在彼得堡他不过偶尔喝香槟,常喝的倒是伏特加。

"在彼得堡,那是从前的事。现在我们是在中国了。在中国什么东西都是冷的,生活全是冷的。"她说着,渐渐地把笑容收敛起来,一个人在那张旧沙发上坐下去,眼睛望着壁上挂一张照片,在照片上她又看到了他们夫妇在彼得堡的生活。

他看见妻子不高兴了,就过去安慰她。他坐在沙发的靠手上,伸一只手去挽住她的颈项,抱歉地说:"都是我不好,我使你不快活,你要宽恕我。"

她把身子紧紧地偎着他,不答话。过了一会儿她叹息说:"那些都成了捉不回来的梦景了。"

"安鲁席卡,你又在怀念彼得堡吗?不要老是拿怀念折磨你自己呀!"他痛惜地说,他究竟热爱着他的妻子,跟从前没有两样。

"我再不能够忍耐下去了。我要回去,我一定要回去。你全不关心我,你只知道喝酒。你只知道向我要钱!"她半气愤地半带哭声地对他说了。她的肩头不停地起伏着。

这是他听惯了的话。他知道妻子的脾气。她前一晚上在别人那里受了气,她回家就把气发泄在他的身上,但是这所谓发脾气也不过说几句责备他的话,或者嚷着要回到自己的家乡去,这也是很容易对付的。但是次数愈多,他自己也就渐渐地受不住了。那羞愧,那痛苦,在他的心上愈积愈多起来。

"安鲁席卡,你再等等罢。为了我的缘故请你再忍耐一下罢。我们以后就会有办法的。我们的生活会渐渐地变好的。"他起初拿这样的话劝她。但是后来他自己的心也在反抗了。他自己也知道这些全是空话。

"变好起来,恐怕永远是一场梦!在这里再住下去,就只有苦死我!我真不敢往下想。我不知道今天以后还有多少日子?……"她开始抽泣起来。但是她还在挣扎,极力不要哭出声。

他的心更软了,一切骄傲的思想都飞走了。只剩下一个痛苦的念头。他就问:"昨晚上那个人待你好吗?"他问这句话就像把刀往自己的心里刺,那痛苦使他把牙齿咬紧了。

"好?我就没遇见过一个好人!那个畜生喝饱了酒,那样粗暴,就给他蹂躏了一晚上,我的膀子也给他咬伤了。"她一面说,一面揉她的左膀。她把衣服解开给他看,肩头以下不远处,有接连几排紫色的牙齿印,在白色的膀子上很清楚地现出来。

他一生看见过不少的伤痕,甚至有许多是致命的。但是这一点轻微的伤痕却像一股强烈的火焰烧得他不敢睁大眼睛。在他的耳边响着女人的求救般的声音:"你给我想个办法罢,这种生活我实在受不下去了。"他极力忍住眼泪,然而眼泪终于打败了他,从眼眶里狂流出来。他不由自主地把脸压在她的膀子上哭了。

这样一来妻子就不再说气话了。她慢慢地止了眼泪,轻轻抚着他的头发,温和地说:"不要像小孩那样地哭。你看你会把我的衣服弄脏的……我相信你的话,我们的生活会渐渐地变好的。"起初是妻子责备丈夫，现在却轮到妻子来安慰丈夫了。这一哭就结束了两个人中间的争吵。

接着丈夫就说："我以后决不再喝酒了。"两个人又和好起来，讲些亲爱的话，做些事，或者夫妇一块儿出去在一个饭店里吃了饭，自然不会到他晚上常去喝酒的那个小咖啡店去；或者就在家里吃饭，由妻子讲些美国水兵的笑话，丈夫也真的带了笑容听着。他们知道消磨时间的方法。轮到晚上妻子要出去的时候，丈夫得了零钱，又听到嘱咐："不要又去喝酒呀！就好好地在家里玩罢！"她永远说这样的话，就像母亲在吩咐孩子。但是她也知道她出去不到半点钟他又会到咖啡店去。

他起初是不打算再去咖啡店的，他对自己说："这一次我应该听从她的话了。"他就在家里规规矩矩地坐下来，拿出那本破旧的《圣经》摊开来读，他想从《圣经》里面得到一点安慰。这许多年来跟着他漂流了许多地方的，除了妻子以外，就只有这本书。他是相信上帝的，他也知道他在生活里失掉忍耐力的时候，他可以求上帝救他。

于是他读了："人子将要被交给祭司长和文士：他们要定他死罪；交给外邦人：他们要戏弄他，吐唾沫在他脸上，鞭打他，杀害他。过了三天，他要复活。"

又是这样的话！他不能读下去了。他想："老是读这个有什么用呢？人子都会受这些苦，但是他要复活。我们人是不能够复活的。他们戏弄我，吐唾沫在我的脸上，鞭打我，虐待我一直到死，我死了却不能够复活，我相信上帝有什么好处？"这时候妻的带着受苦表情的粉脸便在书上现出来了。他翻过一页，却看不清楚字迹，依旧只看见她的脸。他实在不能忍受下去，就阖了书，把大衣一披，帽子一戴，往咖啡店去了。

他走进咖啡店，那个和气的中国茶房就跟往常一样地过来招呼他，称他做"将军"，给他拿酒。他把一杯酒喝进肚里，就开始跟那个中国人闲谈。渐渐地他的勇气和骄傲就来了。他仿佛真正做了将军一样。

"在我们那里一切都是好的，你完全不懂。在彼得堡，将军的府邸里……"他得意地说了，但这府邸并不是他的，是除伯次奎亲王的，他那时是个中尉。他记得很清楚，仿佛还在眼前，那个晚上的跳舞会，他和安娜发生恋爱的那个晚上。厅堂里灯火燃得很明亮，就像在白昼，将军穿着堂皇的制服，佩着宝星，圆圆脸，嘴上垂着两撇胡须。将军的相貌不是跟他现在的样子相像吗？那么多的客人，大半是他的长官和同事，还有许多太太和小姐，穿得那么漂亮。乐队在奏乐了。许多对伴侣开始跳舞。他搂着安娜小姐的腰。她年轻、美丽，她对他笑得那么可爱。同事们都在羡慕他的幸福。看，那边不是波利士吗？他在向他眨眼睛。波利士，来，喝一杯酒呀！尼古拉端着酒杯对他做手势，好像在祝贺他。他笑了，他醉了。

"将军，再来一瓶酒罢。"中国茶房的粗鲁的声音把那些人都赶走了。他睁大了眼睛看，白色墙壁上挂了一幅彼得堡的喀桑圣母大教堂的图画，别的什么也没有。他叹了一口气说："好，来罢，反正我醉了。"

他闭上眼沉默了片刻，再把眼睛睁开，望着中国人给他斟满了酒杯。他望着酒，眼睛花了，杯里现出了一张少女的脸，这张脸渐渐地大起来。他仿佛又回到跳舞会里去了。

他把安娜小姐拉到花园里阳台上去，时候是秋天，正逢着月夜,在阳台上可以望见躺在下面的涅瓦河的清波,月光静静地在水上流动。从厅堂里送出来醉人的音乐。就在这个时候他把他全量的爱都吐露给她。那个美丽的姑娘在他的怀里战抖得像一片白杨树叶,她第一次接受了他的爱和他的接吻。初恋是多么美丽啊,他觉得那个时候就是他征服世界的雄图的开始了。

"生活究竟是美丽的啊!"他不觉感动地赞叹起来。但是这一来眼前的景象就全变了。在他的面前站着那个中国茶房,他带笑地问:"将军,你喝醉了?今晚上真冷,再喝一瓶吗?"

音乐,月光,跳舞会,那一切全没有了。只有这个冷清清的小咖啡店,和一个愚蠢的中国茶房。"这不算冷,在你们这里简直不冷!"他还想这样强硬地说。但是另一种感觉制服了他,使他叹息地摇头道:"不喝了。我醉了,醉了!"他觉得人突然变老了。

"将军,你们那里的土全是黑的吗?"那个中国茶房看见他不说话,便带了兴趣地问道。

他含糊地应了一声,他还在记忆里去找寻那张年轻小姐的脸。

"我见过一个你们的同乡,他常常带一个袋子到这里来。一个人坐在角落里,要了一杯咖啡,就从袋子里倒出了一些东西——你猜他的袋子里装的是什么,将军?"中国茶房突然笑起来。那张肥脸笑得挤做了一堆,真难看。

他不回答,却让那个中国人继续说下去:"全是土,全是黑土。他把土全倒在桌上,就望着土流眼泪。我有一次问他那是什么,他答得很奇怪,他说:'那是黑土,俄罗斯母亲的黑土。'

他把土都带了出国！这个人真傻！"

那黑土一粒一粒、一堆一堆在他的眼前伸展出去，成了一片无垠的大草原，沉默的，坚强的，连续不断的，孕育着一切的。在那上面动着无数的黑影，沉默的，坚强的，劳苦的……这一切都是他的眼睛所熟习的。他不觉感动地说了："俄罗斯母亲，我们全是她的儿子，我们都是这样！"他说罢就站起来，付了钱往外面走了。

他的耳边响着的不是中国茶房的声音，是他的妻子安娜的声音："我要回去，我一定要回去。"

走在清静的马路上他又想起涅瓦大街来了，在大街上就立着将军的府邸。但是如今一切都完结了。

"完结了，在一个战争里什么都毁了！"他这样地叹息起来，他仿佛看见将军全身浴着血倒在地上，又仿佛看见人们在府邸里放了火。火烧得很厉害，把他的前途也全烧光了。

他长长地叹了一口气。眼睛里掉下几滴泪水来。

"我现在明白了。……我们都是一家的人。你们看，我在这里受着怎样的践踏，受着怎样的侮辱啊！"过了一会儿他好像在向谁辩解似的说。他悔恨地想：他为什么不回去呢？他在这里受苦又有什么好处呢？

他想到他的妻子。"我为什么不早回去呢？我受苦是应该的，然而我不该把安娜也毁了！"他禁不住要这样责备自己，这时候他仿佛在黑暗的天空中看见了那张美丽的纯洁的脸，它不住地向他逼近，渐渐变成了安娜的现在的粉脸。"她没有一点错！全是我害她！这些苦都是我给她的！诺维科夫，你这个畜生！"他的脸突然发烧起来，头也更沉重了，他把帽子扔在地上，绝望地抓自己的头发。

"我要回去，我一定要回去！"他的耳边突然响起女人的哀求的声音，他就好像看见他的安娜在那个粗野的美国水兵的怀里哭了。那个水兵，红的脸，红的鼻子，一嘴尖的牙齿，他压住她，他揉她，他咬她的膀子，他发狂地笑，跟她告诉他的情形完全一样。男人的声音和女人的声音就在他的耳边撞来撞去。

"我要回去，我一定要回去！"他疯狂地蒙住耳朵，拼命往前面跑。在他的眼前什么都不存在了。只有一张脸，一个女人的满是泪痕的粉脸，那张小嘴动着，说："怜悯我，救救我罢！"

于是什么东西和他相撞了，他跌倒在地上，完全失了知觉。等到他睁开眼睛的时候，几个人围住他，一个中国巡捕手里摊开一本记事册，问他叫什么名字。

"他们都叫我做将军，诺维科夫将军……尼切渥……不要让安娜知道。我会好好地跟着你走……尼切渥……我不过喝了一点酒。完全没有醉，尼切渥……"他用力断续地说了上面的话。他觉得很疲倦，想闭上眼睛。他好像看见他的安娜，她在那个美国水兵的怀里挣扎，那个畜生把身子压在她的身上。他着急地把眼睛大张开，四面看。安娜不在他的眼前。他的身子不能转动了。他老是躺着。他说："带我去，带我到安娜那里去！我要告诉她：我决定回去了。"他慢慢地闭上了眼睛。

他说的全是俄国话，没有人懂得他。

1933 年秋在北平

名师赏析

巴金是具有人道主义情怀的作家，关心人物的命运是他作品的显著特点。其短篇小说，善于描写人物的心理，通过人物的心灵，反映深刻的主题。

本文描写旧俄时代的小军官费多诺维科夫流亡中国时的离奇经历。此人穷困潦倒，走投无路，却被中国茶房称为"将军"，于是他也就摆出将军的姿态在中国人面前耀武扬威。作品细致地刻画了费多诺维科夫复杂细微的心理状态。也嘲讽了现实生活中崇洋媚外的社会心理。对于白俄流亡者和底层民众给予深挚的同情，并对蔓延于俄罗斯大地的战争，有着十分清醒的反省，体现了巴金小说一贯的人道主义立场。

巴金在展示人物性格方面，有着超常的功力。文末写中国茶房提到费多诺维科夫的一个俄罗斯同乡，把故乡的黑土带到中国一事时，他十分动情地说："俄罗斯母亲，我们全是她的儿子，我们都是这样！"简单的一句话，人物个性特征跃然纸上。主人公虽然自欺欺人，但在严酷生活的摧压下，思乡之情油然而生，下定了回国的决心。善于把小说人物的命运和时代紧紧地融为一体。

隐身珠

"孩子,歇歇罢,我看你也有点累了,"父亲在后面叫起来。

"不,我一点也不累!"我毫不在意地顺口答道。我也不回过头去看父亲,却只顾点着手里的竹竿,往上面走。这个时候我们正走在半山里,沿着曲折的山路盘旋上去。山上树木很多,两旁夹杂地生着银杏树和红叶树。阳光像一只魔术家的手指把银杏树的叶子点成了金色,在那里发亮。几只山鸟站在树梢清脆地互相呼唤同伴的名字。我一抬头就看见那边一根树枝上一只松鼠耸起它那绒线球似的尾巴,愣着两只小眼睛望我,忽然一下子就沿着树枝窜起走了。一股微风迎面吹过来,我觉得一阵轻松,一阵爽快。我毫不费力地移动脚步一直往上面走去。

"孩子,歇歇罢。我们坐坐,等我来抽支烟,"父亲又在后面说。我听见他喘气的声音,我便停了脚回头去看。父亲把脸都挣红了,额上有些汗珠,他正摸出手帕揩汗。

父亲并不责备我,我倒开始怪起自己来。我只顾自己放开脚跑路,就把父亲的年纪忘掉了。我自己像一匹脱了缰绳的野马,却把父亲累得这样。便不敢再往前面走了,就依了他的话停下来,在路旁一块突出的山石上坐了。

父亲旁边那棵银杏树下有一块青石。他便在那上面坐下，取出一支烟来，点燃了，放在嘴上抽着。他长嘘似的吐着烟雾。他那略带苍老的脸上渐渐地浮出了安闲的笑容，他忽然带笑地对我招手，一面说："孩子，过来，在这里坐，我给你讲个故事。"

我听说要讲故事，心里非常高兴，父亲的故事比任何东西更能抓住我的心，我忘了山顶上的好景致，我忘了松鼠和山鸟，我连忙跑到父亲面前，就坐在他的脚边，我把一只膀子放在他的膝上，快乐地问道："你讲长生塔的故事吗？"

父亲摇摇头，吐了一口烟，才说："还讲长生塔的故事！哪里有许多座长生塔的？长生塔已经倒塌了，你还记住它做什么？"

"那么你讲皇帝的什么事情，"我接口说，我以为一定猜准了。

父亲用指尖捏着烟头狂吸了一口，就把它放在脚下踏熄了。他把最后的一口烟也从鼻孔和嘴里喷出来，把手背在嘴上擦了一下，然后摇头说："这回不是讲皇帝的事，你不要打岔我，让我来给你讲罢。"

我不再打岔父亲了。我眼睁睁地望着父亲的脸，尤其是他的嘴，静静地等着他开始讲故事。

"从前有过一个孩子，就像你这样大的年纪。——"

"父亲，你跟我开玩笑，我不听这个！"我认为这个小孩子就是指我，所以我打断了父亲的话头。

"孩子，叫你不要来打岔。我说的并不是你，我正经地给你讲故事，你只管听着。你再打岔，我就不讲了。"父亲庄重地说，他脸上的表情仍然是很温和的。我知道他不是在跟我开玩笑，便放了心，急急地答道："我不打岔，你讲罢，你快些讲！"

"从前有一个小孩子，年纪跟你差不多。他家里很穷。父亲是乡下教书先生，在破庙里开个蒙馆，教几个小学生糊口度日。

"有一年年岁不好，遇着天旱，田里的稻子都枯死了。种田的人没有收成，衙门里的差役却来逼着收税。一些人捉了去，另一些人遭了打。差役们还不满足。他们挨门挨户勒索，得不到钱，就把可以拿走的东西都带了去。那些吃树皮草根的人被逼得没法生活，就闹起事来，许多人把差役们围着打一顿，把抢走的东西夺了回来。然而不久大队兵马从城里开来了。枪声、喊声、哀号声响成一片。不到半天工夫那群徒手的人就给征服了。死的死，逃的逃，捉的捉。大路上涂满了血迹。摆满了死尸。许多茅屋烧毁了，许多女人带走了。整个乡村里就剩下一些老太婆、小孩子守住那些未烧尽的破屋叹息流泪。"

"父亲，你骗我！不会有这种事！那些人并没有做什么坏事情，为什么应该受罚？这不公道！"我忍不住气愤地打岔道。

"孩子，你还年轻，世界上的事情你还不懂得，"父亲温和地安慰我。过后他略略皱一下眉头，声音低沉地说："不公道的事情多着呢！你不要打岔我，好好地听我讲下去。你记住，这是人家编的故事。"

我不作声了，不过我还疑惑地望着父亲。我总觉得父亲每次讲给我听的故事都是真的事情。

"那个教书先生没有给抓去,这个时候全亏得他出来照料那些老太婆、小孩子。但是过了两天差役又下乡来把他也捉去了。"

"为什么捉他?他一点罪也没有!"我不平地嚷起来。

父亲看我一眼,但过后又微微地笑了。不知道怎样我总觉得这笑里带着不愉快的神气。

"你听,那是什么声音?"父亲突然问道。

一股风吹过,下面起了一阵波涛的声音。我知道是从半山里松林那边发出来的,便答道:"松树——"我还想说话,但是父亲不理睬我,却接下去说:

"那个教书先生给关起来。人家说他鼓动种田人闹事,可是又找不到证据,把他关了几天,说是要放他出来。然而事情又突然变了。据说有人向县官告发了教书先生,说他家里藏得有一颗珠子,这是一件宝物,人带着它,就可以做任何事情,不会给人看见。这叫作隐身珠。告发的人是教书先生的一个朋友,他说这颗隐身珠便是教书先生鼓动闹事的一个大证据。

"县官用严刑拷打教书先生,要他交出珠子。可是教书先生矢口否认,说他自己根本就没有见过什么隐身珠。

"种种残酷的刑具都用过了。然而教书先生始终不肯招出一句话,到后来他连张嘴的力量都没有了。他的死只是时间的问题。

"县官叫人把他的身子丢在河里。又派差役到他家里去搜查,就是那个卖朋友的人在引路。他们到了那里,把他母亲、儿子都赶在屋角里。他们开始到处搜索,把什么东西和什么地方都找遍了,始终找不出一颗珠子来。

"儿子和母亲忍住恐怖和悲愤战栗地蹲在屋角,眼睁睁望着他们的横暴的举动,不敢说一句话。

"儿子忽然触了一下母亲的肘,轻轻喊了一声'妈'。原来他看见一颗小小的红珠子在他脚边发亮,止不住他的惊讶。

"母亲也看见了珠子。她连忙低声在儿子的耳边说:'闭嘴。'这个时候儿子已经把珠子拾了起来。他刚要回答母亲的话,忽然看见差役们掉过头来看他,他慌张起来,不假思索就把珠子一下子塞进嘴里。

"父亲的朋友眼睛快,忽然起了疑心,便走过来厉声叫道:'张开嘴!'

"孩子迟疑一下就把嘴张开,那个人扳开孩子的嘴仔细看了一遍,找不出什么东西。因为珠子已经滑进肚皮里去了。

"差役们又仔细搜索了半天,依旧找不到珠子,只得把屋里的东西顺手拿了带回城里去,剩下一个空屋给这一对贫苦的母子。

"差役们一走,孩子就忍不住大声嚷起来:'妈,我口渴!'他便去地上抱起一只破瓦罐,把里面剩下的一点冷水一口气全喝光了,母亲惊讶地望着他的烧脸,忽然想起了珠子,便问道:'孩子,珠子呢?我从没有见过。不知道是不是什么隐身珠。'

"听见提起珠子,孩子才记起来他已经把它吞进肚里了,便恐怖地答道:'妈,我把珠子吞下去了。'他刚说完又觉得一阵心烧,口很干,他忍不下去,又接连地嚷:'冷水,冷水!我口渴,口渴。'他不等母亲答话就跑出去,在院子里找到一只小水缸,一下子俯下头,不管水干净不干净,只顾咕嘟地喝着。

"母亲跟了出来,看见孩子这种举动,她连忙跑去拉他,扳

起他的头,担心地问道:'孩子,你怎么了?你做什么拼命喝水?'

"孩子愣着眼睛,红着脸,摇着头疯狂地答道:'我口渴!我口渴!'其实水缸里的水全给他一下子喝光了,连小虫也都进了他的肚皮。

"母亲抱住儿子呜咽地说:'孩子,你进去躺躺罢。怎么你一下子就病了?你爹爹生死不明,要是你再有什么长短,我一个人靠什么过日子?我又怎好替你爹爹申冤?'她拉他,她想把他扶进屋里去。

"孩子的眼里也淌了泪,但是他额上却淌出更多的汗珠。他一张脸红得可怕。他刚刚对母亲说了'不要紧,妈,我会替爹——'这半句话,忽然忍不住疯狂地叫起来:'妈,我口渴!水,水!'

"母亲又着急,又惊恐,她搂住儿子流泪说:'连脏水都给你喝光了。哪里还有水呢?你忍耐忍耐些罢。'

"儿子痛苦地望着母亲哀求道:'那不行,我心里烧得很。我口渴,我口渴,妈,给我一点水喝罢。'儿子说着,一面拉开衣服,用力抓着自己的胸膛。

"母亲没有办法,只得忍住心痛,说:'那么,我带你到河边去,河水够你喝的。'

"母亲果然把儿子带拉带扶地领到了河边。这是一条小河,像一根蚯蚓似的蜿蜒地沿着一座山通到城里去。天已经黑了。小河像一根明亮的带子在黑暗里闪光。儿子一看见河,便惊喜得大声喊叫。他挣脱了母亲的手,往河边跑去。'孩子,慢点跑,看你会跌倒的!'母亲关心地在后面叮嘱道,但是孩子已经扑到河边草地上,把头俯在水面,张开嘴大口地喝起来。

"母亲连忙赶上去,抱住他的身子,要把他拉起来。但是他忽然回过头来说:'妈,放开我,我要喝水,我还没有喝够。'他用力挣扎,要挣脱他的身子。母亲看见一双电光似的异常明亮的眼睛在黑暗中闪烁,她一吃惊,就略略松开手,让儿子的身子慢慢地往水里滑下去。等她连忙用手抓着他的时候,她手里只有他的一只脚了。

"她在黑暗里看不见什么,就惊惶地叫起来。她大声唤着'孩子'。儿子忽然回过头来,晴空起了一个霹雳。一股闪电把周围、把山和水全照亮了。在这光彩夺目的电光中母亲看见他儿子的脸。在他的头上生了两只突出的角;两根长须从大鼻子中伸出来,不住地左右晃动;一张血盆似的大嘴张开,里面有一排尖利的牙齿;只有那一对灯笼似的大眼睛还含了眼泪在望着她。他身上盖满金色的鳞,在水面摆动,把水高高地溅起来。孩子变成了一条龙。只有她手里捏的还是一只人脚,她孩子的脚。她紧紧地抓住这只脚不肯放,她悲痛地大声唤着'孩子'。

"龙的眼睛里淌着痛苦的泪。他还回过头看他的母亲,声音含糊地唤着'妈'。他频频地点着头,仿佛在向母亲哀求,求她放他到别处去。

"母亲明白这个意思。她伤心地哭着,她用力握着那只没有改变的脚,她摇着头坚决地说:'不行。不行。我不能放你走!'

"龙痛苦地对他母亲点着头,两行眼泪雨水似的流下来,他哀声连叫着'妈',还是在哀求母亲放开手。

"'不能,不能,我不能放走你,'母亲哭着狂叫道,她牢牢地抱着儿子那只没有改变的脚。

"龙的嘴忽然张开，苦痛地吼叫一声，周围的土地都震动起来。他的眼睛又望了望母亲。他猛然摆脱他的身子，那只脚立刻从她的手里挣脱出来，一进到水里它马上也变成了龙爪。周围突然大亮了，接着起了一个天崩地裂般的响声。河水即刻大涨，水溅得很高。土地震动着，连对面那座山也显出摇摇要倒的样子。

"母亲无力地坐在河边草地上。她圆睁两眼呆呆望着水面，口里不住地叫着'孩子'。然而她儿子却摆动着身子往前面走了。

"随着龙的身子的摆动，河面渐渐宽起来，许多土地都沉下去了。龙鼓着浪沿了河道往城里走去。他的母亲还在后面哀声唤他。他听得很清楚。他回过头去看他的母亲。他每一次回过头，唤一声'妈'，就使得周围起一个极大的响声。天空响了一个霹雳，山也塌下一角，土地也沉了一块。他听见母亲的哭声，自己的眼里也不住地淌泪，他的眼泪把许多土地都淹没了。他顺着河道往城里去。他所经过的地方全成了河，只有那个乡村还原样地存在。"父亲讲到这里忽然住了口，摸出第二支烟，把它点燃放在嘴边衔着。他抽了一口烟，就站起来说：'我们还是到上面去罢。'"

"但是，那结果怎样呢？那条龙到了城里又怎样呢？"我看见父亲不把故事讲完就要继续爬山，便也站起来着急地问道。

"龙到了城里自然把全城都淹没了，那个地方也变成了一条大河，"父亲淡淡地答道。

"城里的人呢？还有那些县官和差役们呢？还有那个教书先生的朋友呢？"

"我也不大清楚，他们大概都变做鱼虾了。"

"那条龙呢？"我还不满足，又问道。

"谁知道！你苦苦地追问这个做什么？"父亲带了点责备的口气说，但他的神气依旧是很温和的。"这不过是一个故事。是人们编出来的故事。你相信一个小孩子会变成一条龙吗？"

"但是为什么要编这样的故事呢？编一点更真实的故事不更好吗？"我疑惑地继续追问。

父亲爱怜地摸着我的头回答说："这大概是一种寓言。编故事的人就跟你差不多。他们大概也是爱管闲事的。"他说罢就扑哧笑了起来。

我莫名其妙地呆呆望着父亲的脸。我奇怪父亲为什么要跟我开玩笑。

"孩子，走罢，你刚刚听了一个故事，难道就发痴了？"过了一会父亲忽然拍着我的肩头，在我的耳边大声说。

这个时候恰巧又有一股风吹来，下面松林里起了一阵波涛，把父亲的话掩盖了。一张银杏树的叶子飘落在我的头上。我伸过手去把父亲的一只手紧紧捏住。

1936 年秋

名师赏析

　　巴金是著名的小说家，又是写童话的大师。他的童话作品，大都写古代人的生活，但又无不在反映现实生活。《隐身珠》就是其中的名篇，这个故事采用四川古代有关"孽龙"的民间传说加工创作而成。

　　文章写一个穷教书先生的孩子被逼吞下隐身珠后变成一条龙，奇迹由此发生。"随着龙的身子的摆动，河面渐渐宽起来，许多土地都沉下去了。龙鼓着浪沿河道往城里走去"。后来，全城都淹没了，变成了一条大河，县官和差役也都变作鱼虾了。童话具有反压迫、反权贵的深刻主题。故事是离奇的，惊险的，但读来却是美妙的，文中充满一股正义的力量。

　　幻想是童话的灵魂，没有幻想就没有童话，而幻想又必须是现实生活的艺术再现。巴金童话具有幻想与现实相统一的特质。文中主人公的遭遇无疑是当时社会底层人民命运的真实写照，而故事的结局，又艺术地反映了当时人们真诚的心愿。

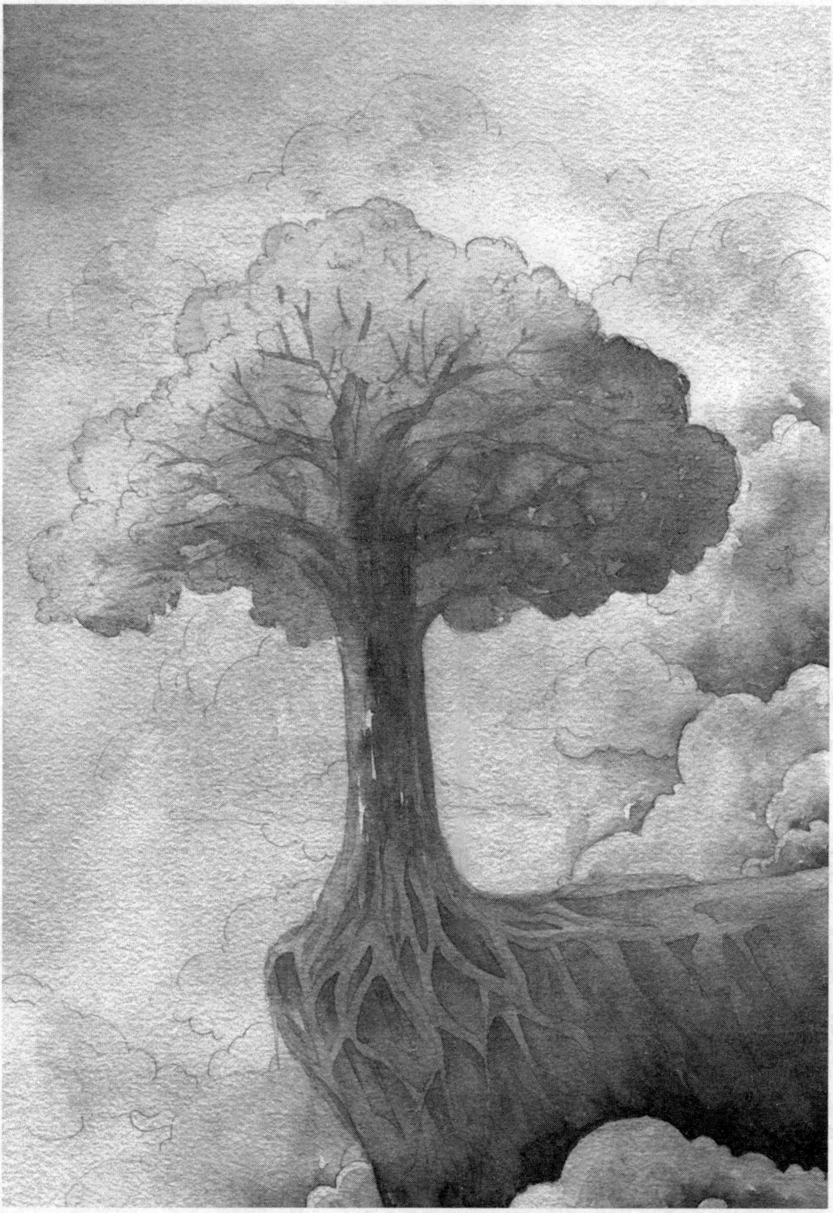

鸟的天堂

我们在陈的小学校里吃了晚饭。热气已经退了。太阳落下了山坡,只留下一段灿烂的红霞在天边,在山头,在树梢。

"我们划船去!"陈提议说。我们正站在学校门前池子旁边看山景。

"好。"别的朋友高兴地接口说。

我们走过一段石子路,很快地就到了河边。那里有一个茅草搭的水阁。穿过水阁,在河边两棵大树下我们找到了几只小船。

我们陆续跳在一只船上。一个朋友解开绳子,拿起竹竿一拨,船缓缓地动了,向河中间流去。

三个朋友划着船,我和叶坐在船中望四周的景致。

远远地一座塔耸立在山坡上,许多绿树拥抱着它。在这附近很少有那样的塔,那里就是朋友叶的家乡。

河面很宽,白茫茫的水上没有波浪。船平静地在水面流动。三只桨有规律地在水里拨动。

在一个地方河面变窄了。一簇簇的绿叶伸到水面来。树叶绿得可爱。这是许多棵茂盛的榕树,但是我看不出树干在什么地方。

我说许多棵榕树的时候,我的错误马上就给朋友们纠正了,一个朋友说那里只有一棵榕树,另一个朋友说那里的榕树是两棵。我见过不少的大榕树,但是像这样大的榕树我却是第一次看见。

我们的船渐渐地逼近榕树了。我有了机会看见它的真面目:是一棵大树,有着数不清的桠枝,枝上又生根,有许多根一直垂到地上,进了泥土里。一部分树枝垂到水面,从远处看,就像一棵大树躺在水上一样。

现在正是枝叶繁茂的时节(树上已经结了小小的果子,而且有许多落下来了)。这棵榕树好像在把它的全部生命力展览给我们看。那么多的绿叶,一簇堆在另一簇上面,不留一点缝隙。翠绿的颜色明亮地在我们的眼前闪耀,似乎每一片树叶上都有一个新的生命在颤动,这美丽的南国的树!

船在树下泊了片刻,岸上很湿,我们没有上去。朋友说这里是"鸟的天堂",有许多只鸟在这棵树上做窝,农民不许人捉它们。我仿佛听见几只鸟扑翅的声音,但是等到我的眼睛注意地看那里时,我却看不见一只鸟的影子。只有无数的树根立在地上,像许多根木桩。地是湿的,大概涨潮时河水常常冲上岸去。鸟的天堂里没有一只鸟,我这样想道。船开了。一个朋友拨着船,缓缓地流到河中间去。

在河边田畔的小径里有几棵荔枝树。绿叶丛中垂着累累的红色果子。我们的船就往那里流去。一个朋友拿起桨把船拨进一条小沟。在小径旁边,船停住了,我们都跳上了岸。

两个朋友很快地爬到树上去,从树上抛下几枝带叶的荔枝,我同陈和叶三个人站在树下接。等到他们下地以后,我们大家一面吃荔枝,一面走回船上去。

第二天我们划着船到叶的家乡去,就是那个有山有塔的地方。从陈的小学校出发,我们又经过那个"鸟的天堂"。

这一次是在早晨,阳光照在水面上,也照在树梢。一切都显得非常明亮。我们的船也在树下泊了片刻。

起初四周非常清静。后来忽然起了一声鸟叫。朋友陈把手一拍,我们便看见一只大鸟飞起来,接着又看见第二只,第三只。我们继续拍掌。很快地,这个树林变得很热闹了。到处都是鸟声,到处都是鸟影。大的,小的,花的,黑的,有的站在枝上叫,有的飞起来,有的在扑翅膀。

我注意地看。我的眼睛真是应接不暇,看清楚这只,又看漏了那只,看见了那只,第三只又飞走了。一只画眉飞了出来,给我们的拍掌声一惊,又飞进树林,站在一根小枝上兴奋地唱着,它的歌声真好听。

"走罢。"叶催我道。

小船向着高塔下面的乡村流去的时候,我还回过头去看留在后面的茂盛的榕树。我有一点留恋的心情。昨天我的眼睛骗了我。"鸟的天堂"的确是鸟的天堂啊!

1933年6月在广州

名师赏析

　　文学的魅力在于展现生活的诗意，给读者带来温情和喜乐。阅读《鸟的天堂》着实能带给我们美的享受。

　　文章记叙一次赏心悦目的游览。文题说是"鸟的天堂"，其实只是生长在河心的一棵大榕树，它的气根繁衍成一片小树林，树林里栖满了鹤、鹳等禽鸟。由于当地人禁止捕杀，雀鸟能在林中自由自在地生活，于是这棵大榕树便成了"鸟的天堂"。是文学赋予榕树这份诗意，是文学发现了人性的这份美好。文章笼罩在美妙的意境中。走进文本，仿佛全身心融入自然的风光里，如同是在随作者一起荡舟，漫游，尽情地享受大自然的佳趣。

　　描写是本文的一大特点。作者善于从不同的角度，展现大榕树的风貌。远望写神，概括地写那"一簇簇绿得可爱的树叶"；近看写形，仔细描写榕树的枝干和根；细看则极力描写它"一簇堆在另一簇上面"的神态。全方位地展现大榕树的奇特和壮美。

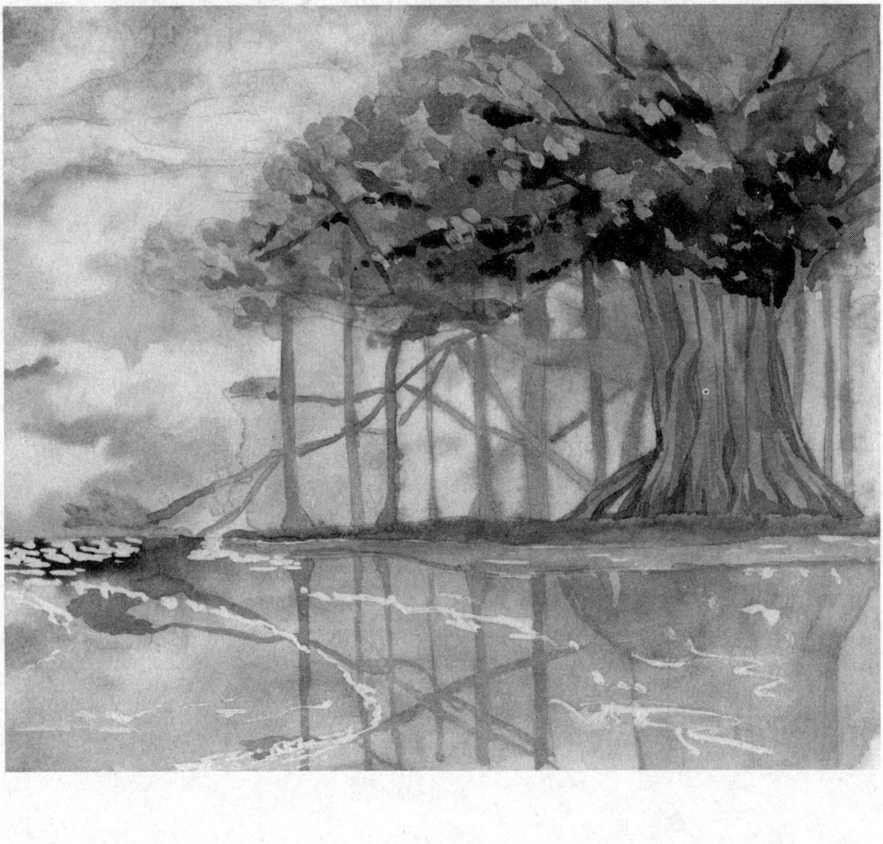

我的心

近来不知道什么缘故这颗心痛得更厉害了。

我要向我的母亲说:"妈妈,请你把我这颗心收回去罢,我不要它了。记得你当初把这颗心交给我的时候,你对我说过:'你的爸爸一辈子拿了它待人,爱人,他和平安宁地过了一生。他临死把这颗心交给我,要我将来在你长成的时候交给你,他说:"承受这颗心的人将永远正直,幸福,而且和平安宁地度过他的一生。"现在你长成了,那么你就承受了这颗心,带着我的祝福。到广大的世界中去罢。'这几年来我怀着这颗心走遍了世界,走遍了人心的沙漠,所得到的只是痛苦,痛苦的创痕。正直在哪里?幸福在哪里?和平在哪里?这一切可怕的景象,哪一天才会看不见?这一切可怕的声音,哪一天才会听不到?这样的悲剧,哪一天才不会再演?一切都像箭一般地射到我的心上。我的心上已经布满了痛苦的创痕。因此我的心痛得更厉害了。

"我不要这颗心了。有了它,我不能够闭目为盲;有了它,我不能够塞耳为聋;有了它,我不能吞炭为哑;有了它,我不能够在人群的痛苦中找寻我的幸福;有了它,我不能够和平地生活在这个世界;有了它,我再也不能够生活下去了。妈妈,请你饶了我罢,这颗心我实在不要,不能够要了。

"我夜夜在哭,因为我的心实在痛得忍受不住了。它看不得人间的惨剧,听不得人间的哀号,受不得人间的凌辱。它每一次跟着我游历了人心的沙漠,带了遍体的伤痕归来,我就用我的眼泪洗净了它的血迹。然而它的伤痕刚刚好一点,新的创痕又来了。有一次似乎它也向我要求了:'你放我走罢,我实在不愿意活了。请你放了我,让我把自己炸毁,世间再没有比看见别人的痛苦而不能帮助的事更痛苦的了。你既然爱我,为何又要苦苦地留着我?留着我来受这种刺心刻骨的痛苦?'我要放走它,我决心让它走。然而它却被你的祝福拴在我的胸膛内了。

"我多时以来就下决心放弃一切。让人们去竞争,去残杀;让人们来虐待我,凌辱我。我只愿有一时的安息。可是我的心不肯这样,它要使我看,听,说:看我所怕看的,听我所怕听的,说人所不愿听的。于是我又向它要求道:'心啊,你去罢,不要苦苦地恋着我了。有了你,无论如何我不能够活在这样的世界上了。请你为了我的幸福的缘故,撇开我罢。'它没有回答。因为它如今知道,既然它已被你的祝福系在我的胸膛上,那么也只能由你的诅咒而分开。妈妈,请你诅咒我罢,请你允许我放走这颗心去罢,让它去毁灭罢,因为它不能活在这样的世界上,而有了它,我也不能够活在这个世界上了。

"我有了这颗心以来,我追求光明,追求人间的爱,追求我理想中的英雄。到而今我的爱被人出卖,我的幻想完全破灭,剩下来的依然是黑暗和孤独。受惯了人们的凌辱,看惯了人间的惨剧。现在,一切都受够了。可是这一切总不能毁坏我的心,弄掉我的心,因为没有得到母亲的诅咒,这颗心是不会离开我的。所以为了你的孩子的幸福的缘故,请你诅咒我罢,请你收回这颗心罢。

"在这样大的血泪的海中,一个人一颗心算得什么?能做什么?妈妈,请你诅咒我罢,请你收回这颗心罢。我不要它了。"

可是我的母亲已经死了多年了。

1929年春在上海

名师赏析

文学是社会的一面镜子。真正伟大的文学作品,都会把世上真善美和假恶丑的事物照出来,供人们看,从而激发人们改良社会的欲望。

热爱人类,热爱和平,让世界充满爱。这是巴金一生的梦想。然而,作者写作的年代,战争频仍,世间纷乱,到处是血雨腥风,内心充满愤怒和哀伤。文章采用对话的方式,一层层地表达了作者对战争的憎恨,对世间丑恶的鞭挞,把自己痛苦、迷茫、愤怒等复杂情绪淋漓尽致地显现出来,透露出对美好生活的向往,以及对真善美的讴歌。文章以孩子般的口吻,与最亲近的母亲诉说,其实,也是对民族,对祖国的诉说,诉说着他内心的悲痛和愤慨。

全文结构严谨,饱含深情,读来如在目前,作者为你满含热泪地诉说着自己的心事,令人感动不已。

呓　语

我究竟在什么地方？……

在一篇短文的开始我写过了这样的一句话：

"沉默，这半年来的沉默差不多要闷死我了。"

这并不是假话，里面不含有一点夸张。短短的十几个字也是由痛苦的经验堆积起来的。

说痛苦，大概谁也不肯相信。在这个国家里就充满着把幻想当作现实而靠着幻想生活的生物。对于他们这个世界上就只有光，只有花，只有爱。

然而我的眼睛却看出了不同的景象，我的耳朵也听见了不同的声音。甚至在黑夜里我的眼睛也是睁开的，同时还有各种声音继续送进我的耳里来。光么？周围是黑漆的一片；花么？我闻不到一点儿香气；爱么？这里是如此的寒冷。

我究竟在什么地方？坟墓里罢，死床上罢，狭的笼内罢。我怎能够知道！也没有人来告诉我。好寂寞呀！我竟然看不见一个人。为什么呢？我真的死了吗？可是我明明还有一口气！

好闷呀！我简直透不过气来。有什么东西压在我的胸膛上。是这样地重！我想动，但是我的手脚都似乎变硬了。不，是谁把它们给我绑住了。我居然这么糊涂！那是什么时候的事情？我完全不知道！

怎么办呢？老是纳闷，老是焦急，这是不行的。我实在受不下去了。我要嚷。可是我的舌头不能够转动了。为什么？我的舌头被谁割掉了罢。我用尽力气也嚷不出声来。话到了喉管又缩了回去。我在吞自己的话。我咽了一肚皮的话。怪不得胸膛上是那么地重。

我算是完结了。手脚没有用，舌头也没有了。我老是躺着。然而我也得明白我究竟在什么地方！我一定是被谁关在笼子里面了。我并不是一个只会讨人欢喜、给人玩弄的小生物。我又不会伺候人，看别人的脸色就知道别人的喜怒。那么……我会被当作一只野兽吗？可是我并不曾咬过人，我根本就不曾见过一个人呢！

挣扎罢，找谁理论罢。没有一个人。黑暗里在我眼前仿佛晃动着一些奇怪的影子。它们是这么淡，这么模糊，耳边又只有一些啾啾般的叫声。不管这地方是坟墓，是死床，是囚笼，我总是孤单单的一个。

我为什么会在这个地方？以前我不还是自由自在的吗？那是从什么时候起的？昨天吗？不会这么快！怎么一霎眼我就到了这个境地！这经过我完全不明白。我只记得有过一个时候，我昂着头在阳光下面走路，我张着嘴唱歌。然而不知不觉间我就到这个地方来了。

老是躺着，这不成！我得活动一下。可是身子僵硬了，连膀子也动不得。我的血似乎凝结了，不，给什么东西吸光了。什么东西到现在还在吸我的血！我的膀子痛得要命。那个东西用力在吸！不止一个，许多许多。它们比蚊虫厉害过千百倍。

我全身都是这些东西。它们拼命在吸我的血！我的血快光了！我得动一动！我要救我自己！

我究竟在什么地方？……

我要动我的膀子。可是我没有力气。身子是这么软……怎么？我真的给人绑住了手脚吗？绳索究竟是粗还是细，我看不见，摸不到。我没有力气，没有力气……完结了。

完结了。就这样简单地完结了吗？我是怎样的一个人呀！从前我不是也跟在别人的后面昂起头，挺起胸，呐喊过吗？难道现在我就只知道完结了？没有力气。可是我还有知觉，我还知道怎样用力呀！

没有舌头，也得咬紧牙关。膀子不能动，拳头也得捏紧。不管是在什么地方，既然我是一个年轻人，就得拼命地挣扎一下！

咬紧牙关。我不怕！我说过不会怕。啊，我有一点儿力气了。我在动。我的手动了。我继续用力。奇怪，仿佛并没有绳索。我用力动着手。我的右手动了，左手也动了。我的手并没有被人绑住。我一定是做了一个噩梦。一个多么可怕、多么痛苦的梦啊！可是我战胜自己了。

我胜利了。奇怪，我的舌头动了。我居然嚷出声来了，我的舌头明明在我的口里！

我在什么地方？……我知道！

我明明坐在我的书桌前面。

1934年秋在上海

名师赏析

　　文学作品的魅力在于它的隐喻，即通过形象暗示、语意双关和故事讽喻等形式来含蓄地表达自己的意思和情感。

　　本文表面上写一段梦话，实际上处处都在揭露和讽刺当时的社会现实。二十世纪三十年代初，正值中国社会最黑暗的时期，日寇侵占我东北三省，国民党反动派对内实行高压的专制统治。广大国民正像生活在梦魇之中，高压统治，让人们喘不过气来，不能正常呼吸；绑住了手脚，不能采取反抗的行动；割断了舌头，不能发出救亡的声音。一批胸怀救国救民理想的进步青年，即使在这样漫长的黑夜里，也极力睁大眼睛，努力看清这黑暗中的一切。他们拼搏着，挣扎着，寻找反抗的机会，等待黎明的到来。文章写得异常含蓄深刻。

　　隐喻的表达，重点要处理好藏和露的关系。没有藏，过于直露，缺乏内涵，不能称之为隐喻。藏得太深，没有露，则显得晦涩，即使有高深的含义，读者也不能理解。本文以"梦呓"的形式来写，可谓有藏。但藏中又不时露出一点蛛丝马迹。比如，写"从前我不是也跟在别人的后面昂起头，挺起胸，呐喊过吗？"简单一笔，把梦境和现实中的革命行动对照起来，能够引发人们很多联想，帮助读者理解作者的本意。

爱尔克的灯光

　　傍晚，我靠着逐渐黯淡的最后的阳光的指引，走过十八年前的故居。这条街、这个建筑物开始在我的眼前隐藏起来，像在躲避一个久别的旧友。但是它们的改变了的面貌于我还是十分亲切。我认识它们，就像认识我自己。还是那样宽的街，宽的房屋。巍峨的门墙代替了太平缸和石狮子，那一对常常做我们坐骑的背脊光滑的雄狮也不知逃进了哪座荒山。然而大门开着，照壁上"长宜子孙"四个字却是原样地嵌在那里，似乎连颜色也不曾被风雨剥蚀。我望着那同样的照壁，我被一种奇异的感情抓住了，我仿佛要在这里看出过去的十九个年头，不，我仿佛要在这里寻找十八年以前的遥远的旧梦。

　　守门的卫兵用怀疑的眼光看我。他不了解我的心情。他不会认识十八年前的年轻人。他却用眼光驱逐一个人的许多亲密的回忆。

　　黑暗来了。我的眼睛失掉了一切。于是大门内亮起了灯光。灯光并不曾照亮什么，反而增加了我心上的黑暗。我只得失望地走了。我向着来时的路回去。已经走了四五步，我忽然掉转头，再看那个建筑物。依旧是阴暗中一线微光。我好像看见一个盛满希望的水碗一下子就落在地上打碎了一般，我痛苦地在心里叫起来。在这条被夜幕覆盖着的近代城市的静寂的街中,我仿佛看见了哈立希岛上的灯光。那应该是姐姐爱尔克点的灯罢。她用这灯光来给她的航海的兄弟照路,每夜每夜灯光亮在她的窗前,她一直到死都在等待那个出远门的兄弟回来。最后她带着失望进入坟墓。

　　街道仍然是清静的。忽然一个熟悉的声音在我耳边轻轻地唱起了这个欧洲的古传说。在这里不会有人歌咏这样的故事。应该是书本在我心上留下的影响。但是这个时候我想起了自己的事情。

　　十八年前在一个春天的早晨,我离开这个城市、这条街的时候,我也曾有一个姐姐,也曾答应过有一天回来看她,跟她谈一些外面的事情。我相信自己的诺言。那时我的姐姐还是一个出阁才只一个多月的新嫁娘,都说她有一个性情温良的丈夫,因此也会有长久的幸福的岁月。

　　然而人的安排终于被"偶然"毁坏了。这应该是一个"意外",但是这"意外"却毫无怜悯地打击了年轻的心。我离家不过一年半光景,就接到了姐姐的死讯。我的哥哥用了颤抖的哭诉的笔叙说一个善良女性的悲惨的结局,还说起她死后受到的冷落的待遇。从此那个做过她丈夫的所谓温良的人改变了,他往一条丧失人性的路走去。他想往上爬,结果却不停地向下面落,终于到了用鸦片烟延续生命的地步。对于姐姐,她生前我没有好好地爱过她,死后也不曾做过一样纪念她的事。她寂寞地活着,寂寞地死去。死带走了她的一切,这就是在我们那个地方的旧式女子的命运。

　　我在外面一直跑了十八年。我从没有向人谈过我的姐姐。

只有偶尔在梦里我看见了爱尔克的灯光。一年前在上海我常常睁起眼睛做梦。我望着远远的在窗前发亮的灯,我面前横着一片大海,灯光在呼唤我,我恨不得腋下生出翅膀,即刻飞到那边去。沉重的梦压住我的心灵,我好像在跟许多无形的魔手挣扎。我望着那灯光,路是那么远,我又没有翅膀。我只有一个渴望:飞!飞!那些熬煎着心的日子!那些可怕的梦魇!

但是我终于出来了。我越过那堆积着像山一样的十八年的长岁月,回到了生我养我而且让我刻印了无数儿时回忆的地方。我走了很多的路。

十九年,似乎一切全变了,又似乎都没有改变。死了许多人,毁了许多家。许多可爱的生命葬入黄土。接着又有许多新的人继续扮演不必要的悲剧。浪费,浪费,还是那许多不必要的浪费——生命,精力,感情,财富,甚至欢笑和眼泪。我去的时候是这样,回来时看见的还是一样的情形。关在这个小圈子里,我禁不住几次问我自己:难道这十八年全是白费?难道在这许多年中间所改变的就只是装束和名词?我痛苦地搓自己的手,不敢给一个回答。

在这个我永不能忘记的城市里,我度过了五十个傍晚。我花费了自己不少的眼泪和欢笑,也消耗了别人不少的眼泪和欢笑。我匆匆地来,也将匆匆地去。用留恋的眼光看我出生的房屋,这应该是最后的一次了。我的心似乎想在那里寻觅什么。但是我所要的东西绝不会在那里找到。我不会像我的一个姑母或者嫂嫂,设法进到那所已经易了几个主人的公馆,对着园中的花树垂泪,慨叹着一个家族的盛衰。摘吃自己栽种的树上的苦果,这是一个人的本分。我没有跟着那些人走一条路,我当然在这里找不到自己的脚迹。几次走过这个地方,我所看见的还只是那四个字:"长宜子孙"。

"长宜子孙"这四个字的年龄比我的不知大了多少。这也该是我祖父留下的东西罢。最近在家里我还读到他的遗嘱。他用空空两手造就了一份家业。到临死还周到地为儿孙安排了舒适的生活。他叮嘱后人保留着他修建的房屋和他辛苦地搜集起来的书画。但是儿孙们回答他的还是同样的字:分和卖。我很奇怪,为什么这样聪明的老人还不明白一个浅显的道理:财富并不"长宜子孙",倘使不给他们一个生活技能,不向他们指示一条生活道路,"家"这个小圈子只能摧毁年轻心灵的发育成长;倘使不同时让他们睁起眼睛去看广大世界,财富只能毁灭崇高的理想和善良的气质,要是它只消耗在个人的利益上面。

"长宜子孙",我恨不能削去这四个字!许多可爱的年轻生命被摧残了,许多有为的年轻心灵被囚禁了。许多人在这个小圈子里面憔悴地挨着日子。这就是"家"!"甜蜜的家"!这不是我应该来的地方。爱尔克的灯光不会把我引到这里来的。

于是在一个春天的早晨,依旧是十八年前的那些人把我送到门口,这里面少了几个,也多了几个。还是和那次一样,看不见我姐姐的影子,那次是我没有等待她,这次是我找不到她的坟墓。一个叔父和一个堂兄弟到车站送我,十八年前他们也送过我一段路程。

我高兴地来,痛苦地去。汽车离站时我心里的确充满了留恋。但是清晨的微风,路上的尘土,马达的叫吼,车轮的滚动,和广大田野里一片盛开的菜籽花,这一切驱散了我的离愁。我不顾同行者的劝告,把头伸到车窗外面,去呼吸广大天幕下的新鲜空气。我很高兴，自己又一次离开了狭小的家，走向广大的世界中去！

忽然在前面田野里一片绿的蚕豆和黄的菜花中间，我仿佛又看见了一线光，一个亮，这还是我常常看见的灯光。这不会是爱尔克的灯里照出来的，我那个可怜的姐姐已经死去了。这一定是我的心灵的灯，它永远给我指示我应该走的路。

1941年3月在重庆

名师赏析

巴金的作品具有强烈的反封建思想，这篇散文的主题也是如此。全文以故居照壁上"长宜子孙"四个字为中心，联想到被旧制度吞噬了生命的姐姐的悲惨命运，抨击了旧社会、旧家庭摧残生命的罪恶，以及对姐姐的深切怀念，肯定自己对封建家庭的背叛，表达了对光明世界不懈追求的坚定信念。

善于抒情是巴金散文的突出特点，本文笔调真挚，情感浓郁，以平易流畅的语言，在娓娓的叙述中，向读者倾诉内心的悲愤，字字真诚，句句真切。文章善用联想，故居大门内亮起的灯光，使作者"仿佛看见了哈立希岛上的灯光"，又想到"在寂寞中死去"的姐姐。作者在这种思索中，清醒地看到祖上的遗训是荒唐的，"长宜子孙"无法改变封建家族的堕落。文章最后写到，当自己再一次离开狭小的家，投身于广大的世界中去时,他仿佛又看见了灯光,那是作者常见的灯光,是永远指引他前进的"心灵的灯光"。

本文以灯光为线索,灯光贯串全篇,结构严谨,凝练集中,构成一个完美的艺术整体。

死

　　像斯芬克司的谜那样，永远摆在我眼前的是一个字——死。

　　想了解这个字的意义，感觉到这个字的重量，并不是最近才有的事。我如从忙碌的生活中逃出来，躲在自己的房间里，静静地思索片刻，像一个旁观者似的回溯我的过去，我便发现在一九二八年我的日记的片段中，有两段关于死的话。一段的大意是：忽然想到死，觉得死逼近了，但自己却不甘心这样年轻地就死去。自己用了最大的努力跟死挣扎，后来终于把死战胜了。另一段的大意是：今天一个人在树林中散步，忽然瞥见了死，心中非常安静，觉得死也不过如此。……我那时为什么要写这样的话？当时的心情经过八九年岁月的磨洗，已经成了模糊的一片。我记得的是那时过着秋水似的平静的生活，地方是法国玛伦河畔的一个小城镇。在那里我不会看见惊心动魄的惨剧。我所指的"死"多半是幻象。

　　幻象有时也许比我所看见的情景更真切。我自小就见过一些人死。有的是慢慢地死去，有的死得快。但给我留下的却是同样的不曾被人回答的疑问：死究竟是什么？我常常好奇地想着我要来探求这个秘密。然而结果我仍是一无所得。没有一个死去的人能够回来告诉我死究竟是怎么一回事情。

有时我一个人关在房里，夜晚不点灯，我静静地坐在椅子上，两只眼睛注意地望着黑暗。我什么也看不见。但是我依旧注意地望着。我也不用思想。这时死自然地来了，但也只是一刹那间的事，于是它又飘飘然走了。死并不可怕。自然死也不能引诱人。死是有点寂寞的。岂止有点寂寞，简直是十分寂寞。

我那时的确是一个不近人情的孩子(以后自然也是)。我把死看作一个奇异的所在。我一两次大胆地伸了头在那半掩着的门前一望。门里是一片漆黑。我什么东西都看不见。这探求似乎是徒然的。

有一次我和死似乎隔得很近。那是在成都发生巷战的时候。其实说巷战，还不恰当，因为另一方面的军队是在城外。城外军队用大炮攻城，炮弹大半落在我们家里，好几间房屋毁坏了，到处都是灰尘，我们时时听见大炮声、屋瓦震落声与家人惊叫声。一家人散在四处，无法聚在一起，也不知道彼此的生死。我记得清楚，那是在一九二三年二月十二日(阴历)，也就是所谓"花朝"(百花生日)，午前十一点钟的光景。我起初还在大厅上踱着，后来听说家里的人大半都躲到后面新花园里去了，我便跑到书房里去。教书先生在那里，不过没有学生读书。不久三哥也来了。我们都不说话，静静地听着炮声。窗外是花园，从玻璃窗望出去，玉兰花刚开放，满树满枝的白玉花朵已经引不起我们的注意。他们垂着头坐在书桌前面。我躺在床上，头靠着床背后的板壁。炮弹带着春雷似的巨响从屋顶上飞过。我想，这一次它会落到我的头上来罢。只要一瞬的工夫，我便会落在黑暗里，从此人和我隔了一个世界，留给我的将是无穷的寂寞。……这时我的确感到很大的痛苦。死并不使我害怕。可怕的是徘徊在生死之间的那种不定的情形。我后来想，倘使那时真有一个炮弹打穿屋顶，向着我的头落下来，我会叫一声"完了"，就放心地闭上了眼睛，不会有别的念头。我用了"放心地"三个字，别人也许觉得奇怪。但实际上紧张的心情突然松弛了，什么留恋，担心，恐怖，悔恨，希望，一刹那间全都消失得干干净净，那时心中确实是空无一物。爱德华·加本特在他的一本研究爱与死的书里说"在大多数的场合中，它(指死)是和平的，安静的，还带着一种深的放心的感觉"，这是很有理由的。

我还见过一次简单的死。川、黔军在成都城内巷战的时候，对门公馆里的一个轿夫(或者是马弁，因为那家的主人是什么参议、顾问之类)站在我家门前的太平缸旁边，跟人谈闲话。一颗子弹落在街心，再飞起来，打进了那个人的胸膛。他轻轻叫了一声，把手抚着胸倒在地上。什么惊人的动作也没有。他完结了，这么快，这么容易。这一点也不可怕，我又想起加本特的话来了。他说死人的脸上有时还会闪着一种忘我的光辉，好像新的生命已经预先投下它的光辉来了。他甚至在战地遗尸的脸上见过这样的表情。他以为死是生命的变形内的生命的解脱。

据说加本特的研究方法是科学的，但是"死"这个谜到现在为止似乎还不曾得到一个确定的解答。我更爱下面的一种说法：死是"我"的扩大。死去同时也就是新生，那时这个"我"渗透了全宇宙和其他的一切东西。山、海、星、树都成了这个人的身体的一部分，这一个人的心灵和所有的生物的心灵接触了。这种经验是多么伟大，多么光辉，在它的面前一切小的问题和疑惑都消失了。这才是真正的和平，真正的休息。

这自然是可能的。我有时也相信这种说法。但是这种说法毕竟太美丽了。而且我不曾体验到这样的一个境界。我想到"死"的时候，从没有联想到这一个死法。我看见的是黑的门，黑的影子。倒是有一两次任何事情都不去想的时候，我躺在草地上，望着傍晚的天空和模糊的山影，树影，我觉得自己并不存在了，我与周围的一切合在一起变成了一样东西。然而这感觉很快地就消失了。要把它捉回来，简直不可能。但这和死完全没有关系，并不能证实前面的那种说法。

我忽然想起了一件事。我在前面说过，没有一个死了的人能够回来告诉我关于死的事情。对于这句话我应该加以更正。我有一个朋友患伤寒症曾经死过几小时，后来被一位名医救活了。在国外的几个友人还为他开过一个追悼会。他后来对我谈起他的死，他说他那时没有一点知觉，死就等于无梦的睡眠。加本特认识一位太太，她患重病死了两三个钟头，家人正要给她举办丧事，她忽然活转来了。此后她又活了三四年。据说她对于死也没有什么清晰的感觉。但有一点她和我那位朋友不同。她是一个意志力极坚强的女人，她十分爱她的儿女，她不能舍弃他们，所以甚至在这无梦的睡眠中她还保持着她的"求生的意志"。这意志居然战胜了死，使她多活了几年。诗人常说"爱征服死"。爱的确可以征服死，这里便是一个证据。若就我那位朋友的情形来说，那却是"科学把死征服"了。

像这样的事情倒是我们常常会遇见的。然而从死过的人的口里我们却不曾听过一句关于死的恐怖的话。许多人在垂危的病中挣扎地叫着："我不要死"，可是等到死真的来了时，他（或她）又顺服地闭了眼睛。的确这无梦的睡眠，永久的安息，是一点也不可怕的。可怕的倒是等死。而且还是周围那些活着的人使"死"成为可怕的东西。那些眼泪，那些哭声，那些悲戚的面容……使人觉得死是一个极大的灾祸。而天堂地狱等等的传说更在"死"上面罩了一个可怕的阴影。我在小孩时代就学会了怕死。别的许多人的遭遇和我的不会相差多远。

世间不知道有多少人因为怕死甘愿低头去做种种违背良心的事情。真正视死如归的勇士是不多见的。像耶稣被钉在十字架，布鲁诺上火柱……像这样毫不踌躇地为信仰牺牲生命的古今来能有几人！

人怕死，就因为他不知道死，同时也因为不知道他自己。其实他所害怕的并不是死，我读过一部通俗小说，写一个被百口称作懦夫的人怎样变成勇敢的壮士。这是一个临阵脱逃的军官。别人说他怕死，他自己也以为他怕死。后来为环境所迫，他才发现了自己的真面目。他并不是一个怕死的人。他怕的却是"怕死"的"怕"字。他害怕自己到了死的时候会现出怯懦的样子，所以他逃避了。后来他真正和死对面时却没有丝毫的畏惧。许多人的情形大概都和这个军官的类似。真正怕死的人恐怕也是很少很少的罢。倘使大家都能够明白这个，那么遍天下皆是勇士了。

"死"不仅是不可怕，它有时倒是值得愿望的，因为那才是真正的休息，那才是永久的和平。正如俄国政治家拉吉穴夫所说："不能忍受的生活应该用暴力来毁掉，"一些人从"死"那里得到了拯救。拉吉穴夫自己就是服毒而死的（在一八〇二年)。还有俄罗斯的女革命家,"五十人案"中的女英雄苏菲·包婷娜后来得了不治之病,知道没有恢复健康的希望了,她不愿意做一个靠朋友生活的废人,便用手枪自杀。那是一八八三年的事情。去年夏天《狱中记》的作者柏克曼在法国尼斯用手枪结束了自己的生命。他患着重病,又为医生所误,两次的手术都没有用。他的目力也坏了。他不能够像残废者那样地过着日子。所以有一次在他发病的时候,他的女友出去为他请医生,躺在病床上的他却趁这个机会拿手枪打了自己。四十四年前他的枪弹不曾打死美国资本家亨利·福利克,这一次却很容易地杀死了他自己。在他留下的短短的遗书里依旧充满着爱和信仰。他这个人虽然只活了六十几岁,但他确实是知道怎样生,知道怎样死的。

在这样的行为里面,我们看不见一点可怕或者可悲的地方。死好像只是一件极平常、极容易、极自然的事情。甚至在所谓"卡拉监狱的悲剧"里,也没有令人恐怖的场面。我们且看下面的记载:

……波波何夫与加留席利二人都吞了三倍多的吗啡,很快地就失了知觉。夜里波波何夫还醒过一次。他听见加留席利喉鸣,他想把加留席利唤醒。他抱着他的朋友,在这个朋友的脸上狂吻了许久。后来他看见这个朋友不会再醒了,他又抓了一把鸦片烟吞下去,睡倒在加留席利的身边,永闭了眼睛。

谁会以为这是一个令人伤心断肠的悲剧呢?多么容易,多么平常(不过对于生者当然是很难堪的)。美国诗人惠特曼在美国内战的时期,曾在战地医院里服务,他一定见过许多人死,据他说在许多场合中"死"的到来是十分简单的,好像是日常生活里一件极普通的事情,"就像用你的早餐一样。"

关于"死"的事情我写了八张原稿纸,我把问题整个地想了一下,我觉得我多少懂得了一点"死"。其实我果真懂得"死"吗?我自己也没有胆量来下一个断语。我的眼光正在书堆中旅行,它忽然落到了一本日文书上面,停住了。我看书脊上的字:

死之忏悔? 古田大次郎

我不觉吃了一惊。贯串着这一本将近五百页的巨著的不就是同样的一个"死"字么?

"死究竟是什么呢?"

那个年轻的作者反复地问道。他的态度和我的是不相同的。他并不是一个作家,此外也不曾写过什么东西。其实他也不能够再写什么东西,这部书是他在死囚牢中写的日记,等原稿送到外面印成书时,作者已经死在绞刑台上了。我见过一张作者的照片,是死后照的。是安静的面貌,一点恐怖的表情也没有。不像是死,好像是无梦的睡眠。看见这照片就想到作者的话:"一切都完了。然而我心里并没有受到什么打击,很平静的。像江口君的话,既然到了那个地步,不管是苦,不管是烦闷,我只有安然等候那死的到临。"这个副词"安然"用得没有一点夸张。他的确是安然死去的。他上绞刑台的时候,怀里揣着他妹妹寄给他的一片树叶,和他生前所喜欢的一只狗和一只猫的照片。这样地怀着爱之心而死,就像一个人带着宽慰的心情静静地睡去似的。这安然的死应该说是作者的最后胜利。

然而我读了这两百多天的日记,我想到一个二十六岁的青年在狱中等死的情形,我在字句间看出了一个人的内心的激斗,看出了血和泪的交流。差不多每一页,每一段上都留着挣扎的痕迹。作者能够达到那最后的胜利,的确不是容易的事。

"我感着生的倦怠么?不!

"对于死的恐怖呢?曾经很厉害地感着。现在有时感到,有时感不到。把死忘记了的时候居多。只是死的瞬间的痛苦还是有点可怕。"

作者这样坦白地承认着。他常常在写下了对于死的畏惧以后,又因为发觉自己的懦弱而说些责备自己的话。然而在另一处他却欣喜地发现:"死是不可思议的,然而也是伟大的。……"

后来作者又疑惑地问道:"死果然是一切的终结吗?死果然会赔偿一切吗?我为什么要怕死呢?"

"死并不可怕,只是非常寂寞。我为什么憎厌临死的痛苦呢?我想那样的痛苦是不会有的罢。"作者又这样地想道。

"我想保持着年轻的身体而死去。"这是作者的希望。

我不想再引下去了。作者是那样的一个厚于人情的青年,他有慈祥的父亲,又有可爱的妹妹,还有许多忠诚的友人。要他把这一切决然抛弃,安然攀登绞刑台,走入那寂寞的永恒里,这的确不是片刻的工夫所能做到的。这两百多天的日记里充满着情感的波动。我们只看见那一起一伏,一潮一汐。倘使我们不小心翼翼一步一步地追随作者的笔,我们就不能了解作者的心情。

只有二十六岁的年纪。不愿意离开这个世界,而又不得不离开。不想死,而被判决了死刑。一天天在铁窗里面计算日子,等着死的到来。在等死的期间想象着那个未知的东西的面目,想象着它会把他带到什么样的境界去。在这种情形下写成的《死之忏悔》,我们可以用一个"死"字来包括。他谈死,他想了解死,他觉到死的重量,和我完全不同。他的文字才是充满着血和泪的。在那本五百页的大书里作者古田提出许多疑问,写出许多揣想,作者无一处不论到死,或者暗示到死。然而我却找不到一个确定的答案,一个结论。

其实这个答案,这个结论是有的,却不在这本书里面,这就是作者的死。这个死给他解答了一切的问题,也给我解答了一切的问题。

古田大次郎为爱而杀人,而被杀,以自己的血偿还别人的血,以自己的痛苦报偿别人的痛苦。他以一颗清纯的心毫不犹豫地攀登了绞刑台。死赔偿了一切。死拯救了一切。

我想:"他的永眠一定是安适而美满的罢。"我突然想起五十年前芝加哥劳工领袖阿·帕尔森司上绞刑台前作的诗了:

> 到我的墓前不要带来你们的悲伤,
> 也不要带来眼泪和凄惶,
> 更不要带来惊惧和恐慌;
> 我的嘴唇已经闭了时,
> 我不愿你们这样来到我的坟场。

我不要送葬的马车排列成行,
我不要送丧的马队,
头上羽毛飘动荡漾;
我静静地放我的手在胸上,
且让我和平地安息在墓场。

不要用你们的怜悯来侮辱我的死灰,
要知道你们还留在荒凉的彼岸,
你们还要活着忍受灾祸与苦辛。
我静静地安息在坟墓里面,
只有我才应该来怜悯你们。

人世的烦愁再不能萦绕我心,
我也不会再有困苦和悲痛的感情,
一切苦难都已消去无影。
我静静地安息在坟墓内,
我如今只有神的光荣。

可怜的东西,这样惧怕黑暗,
对于将临的惨祸又十分胆寒。
看我是何等从容地回到家园!
不要再敲你们的丧钟,
我现在已意足心满。

这篇短文并不是"死之礼赞"。我虽然写了种种关于"死"

的话，但是我愿意在这里坦白地承认：

"我还想活！"因为我正如小说《朝影》中的青年奈司拉莫夫所说："我爱阳光，天空，和春光，秋景；我爱青春，以及自然母亲所给予我们的和平与欢乐。……"

1937年3月在上海

名师赏析

"死"是一个严肃的话题，人们讨论死是为了更好地生，珍惜生命的价值。活着是美好的，能够感受事业的迷人，享受亲情的慰抚，体会到生活的种种乐趣，正因为如此，我们才害怕死亡，害怕失去，害怕那种因为死亡所带来的孤寂。

作者以自由灵活的笔调，采用漫谈的方式，叙述一些关于死的故事和思考。比如，文中写一个朋友，因患伤寒症而死过几个小时，后来被一位名医救活了，谈及死的感受，说当时他一点知觉都没有，就像无眠的梦，文章的隐喻正在这里。作者要告诉人们：死并不可怕，在某种意义上，可以使我们得到解脱，犹如做了一个无眠的长梦，到达一种祥和与安宁的境界。

但是，对本文的主旨又不能做浅表化的理解。诚如作者所言，"这篇短文并不是死之礼赞""我还想活""我爱阳光，天空，和春光，秋景；我爱青春，以及自然母亲所给予我们的和平与欢乐"。唤醒濒临死亡边沿的人们,激起人们对生活的热爱,才是作者真正要表达的主题。

梦

我常常把梦当作我唯一的安慰。只有在梦里我才得到片刻的安宁。我的生活里找不到"宁静"这个名词。烦忧和困难笼罩着我的全个心灵，没有一刻离开我。然而我一进到梦的世界，它们马上远远地避开了。在梦的世界里我每每忘了自己。我不知道我过去是一个什么样的人，或者做过什么样的事。梦中的我常常是一个头脑单纯的青年，没有过去，也没有将来；没有烦忧，也没有困难。我只有一个现在，我只有一条简单的路，我只有一个单纯的信仰。我不知道这信仰是从什么地方来的，在梦中我也不会去考究它。但信仰永远是同一的信仰，而且和我在生活里的信仰完全一样。只有这信仰是生了根的，我永远不能把它去掉或者改变。甚至在梦里我忘了自己、忘了过去的时候，这信仰还像太白星那样地放射光芒。所以我每次从梦中睁开眼睛，躺在床上半糊涂地望着四周的景物，那时候还是靠了这信仰我才马上记起我是怎样的一个人。把梦的世界和真实的世界连结起来的就只有这信仰。所以在梦里我纵然忘了自己，我也不会做一件我平日所反对的事情。

我刚才说过我只有在梦中才得着安宁。我在生活里找不到安宁，因此才到梦中去找，其实不能说去找，梦中的安宁原是自己来的。然而有时候甚至在梦中我也得不到安宁。我也做过一些所谓噩梦，醒来时两只眼睛茫然望着白色墙壁，还不能断定是梦是真，是活是死；只有心的猛跳是切实地感觉到的。但是等到心跳渐渐地平静下去，这梦景也就像一股淡烟不知飘散到哪里去了。留下来的只是一个真实的我。

最近我却做了一个不能忘记的梦。现在我居然还能够记下它来。梦景是这样的：

我忽然被判决死刑，应该到一个岛上去登断头台。我自动地投到那个岛上。伴着我去的是一个不大熟识的友人。我们到了那里，我即刻被投入地牢。那是一个没有阳光的地方，墙壁上整天点着一盏昏暗的煤油灯，地上是一片水泥。在不远的地方时时响起囚人的哀叫，还有那建筑断头台的声音从早晨到夜晚就没有一刻停止。除了每天两次给我送饭来的禁卒外，我整天看不见一个人影。也没有谁来向我问话。我不知道那位朋友的下落，我甚至忘记了她。在地牢里我只有等待。等断头台早日修好，以便结束我这一生。我并没有悲痛和悔恨，好像这是我的自然的结局。于是有一天早晨禁卒来把我带出去，经过一条走廊到了天井前面。天井里绞刑架已经建立起来了，是那么丑陋的东西！它居然会取去我的生命！我带着憎恨的眼光去看它。但是我的眼光触到了另一个人的眼光。原来那位朋友站在走廊口。她惊恐地叫我的名字，只叫了一声。她的眼里包着满眶的泪水。我的心先前一刻还像一块石头，这时却突然熔化了。这是第一个人为我的缘故流眼泪。在这个世界里我居然看见了一个关心我的人。虽然只是短短的一瞥，我也似乎受到了一次祝福。我没有别的话，只短短地说了"不要紧"三个字，一面感激地对她微笑。这时我心中十分明白，我觉得就这样了结我的一生，我也没有遗憾了。我安静地走上了绞刑架。下面没有几个人，但是不远处有一对含泪的眼睛。这对眼睛在我的眼前晃动。然而人把我的头蒙住了。我什么也看不见。

后来我忽然发觉我坐在绞刑架上，那位朋友坐在我身边。周围再没有别的人。我正在惊疑间，朋友简单地告诉我："你的事情已经了结。现在情形变更，所以他们把你放了。"我侧头看她的眼睛，眼里已经没有泪珠。我感到莫大的安慰，就跟着她走出监牢。门前有一架飞机在等候我们。我们刚坐上去，飞机就动了。

飞机离开孤岛的时候，离水面不高，我回头看那个地方。这是一个很好的晴天，海上平静无波。深黄色的堡垒抹上了一层带红色的日光，凸出在一望无际的蓝色海面上，像一幅图画。

后来回到了我们住的那个城市，我跟着朋友到了她的家，刚走进天井，忽然听见房里有人在问："巴金怎样了？有遗嘱吗？"我知道这是她哥哥的声音。

"他没有死，我把他带回来了。"她在外面高兴地大声答道。接着她的哥哥惊喜地从房里跳了出来。在这一刻我确实感到了生的喜悦。但是后来我们三人在一起谈论这件事情时，我就发表了"倒不如这次死在绞刑架上痛快"的议论。……

这只是一场梦。春夜的梦常常很荒唐。我的想象走得太远了。但是我却希望那梦景能成为真实。我并非盼望真有一个"她"来把我从绞刑架上救出去。我想的倒是那痛快的死。这个在生活里我得不到。所以我的想象在梦中把它给我争取了来。

但是在梦里它也只是昙花一现，而我依旧被"带回来了"。

这是我的不幸。我是一个充满矛盾的人。只有这个才是消灭我的矛盾的唯一的方法。然而我偏偏不能够采用它。人的确是脆弱的东西。我常常严酷无情地分析我自己，所以我深知道自己是一个什么样的人。有时我的眼光越过了生死的界限，将人世的一切都置之度外，去探求那赤裸裸的真理；但有时我对生活里的一切都感到留恋，甚至用全部精力去做一件细小的事情。在《关于家》的结尾我说过"青春毕竟是美丽的东西"。在《死》的最后我嚷着"我还要活"。但是在梦里我却说了"倒不如死在绞刑架上痛快"的话。梦中的我已经把生死的问题解决了，所以能抱定舍弃一切的决心坦然站在绞刑架上，真实的我对于一切却是十分执着，所以终于陷在繁琐和苦恼的泥淖里而不能自拔。到现在为止我的一生中至少有一半以上的时间和精力是被浪费了的。

有一个年轻朋友读了我的《死》，很奇怪我"为什么会想到这许多关于死的话"。她寄了一张海上日出的照片来鼓舞我，安慰我。现在她读到我的这篇短文大概会明白我的本意罢。我接到那张照片，很感谢她的好意。然而我是一个在矛盾中挣扎的弱者。我这一生横竖是浪费了的。那么就让我把这一生作为一个试验，看一个弱者怎样在重重的矛盾中苦斗罢。也许有一天我会克服了种种的矛盾，成为一个强者而达到生之完成的。那时梦中的我和真实的我就会完全合而为一人了。

1937 年 4 月在上海

名师赏析

在文学作品中，梦常常是理想的象征。人们通过梦境来传达自己的信仰和追求。与一般写法不同，本文记叙的是一个残酷的"梦"，梦中的"我"，被送上绞刑架，处以极刑，但作者仍希望那梦能成为真实。用这种看似悖常的写法，写出了自己渴望得到朋友关心的企盼之情。这种为了真情不畏死亡、追求真爱敢于牺牲的精神，着实令人感动。

梦中的巴金对死犹豫不决，对朋友的关心念念不忘，文章写得跌宕起伏。这种风格，俨然和现实中的巴金不同。文末，作者嚷着"我还要活"，对生的挚爱，使巴金觉得自己浪费了一生宝贵的时间。两相比较，可见巴金对友情是如何的珍惜。

文章用了大量的比喻、拟人和引用，语言清新，把自己坦荡的心怀毫无保留地表现出来，使人觉得阅读本文就像是在读巴金的"心"。这一切都源自作者有一个强大的内心。

生

死是谜。有人把生也看作一个谜。

许多人希望知道生,更甚于愿意知道死。而我则不然。我常常想了解死,却没有一次对于生起过疑惑。

世间有不少的人喜欢拿"生是什么""为什么生"的问题折磨自己,结果总是得不到解答而悒郁地死去。

真正知道生的人大概是有的;虽然有,也不会多。人不了解生,但是人依旧活着。而且有不少的人贪恋生,甚至做着永生的大梦:有的乞灵于仙药与术士,有的求助于宗教与迷信;或则希望白日羽化,或则祷祝上登天堂。在活着的时候为非作歹,或者茹苦含辛以积来世之福——这样的人也是常有的。

每个人都努力在建造"长生塔",塔的样式自然不同,有大有小,有的有形,有的无形。有人想为子孙树立万世不灭的基业;有人愿去理想的天堂中做一位自由的神仙。然而不到多久这一切都变成过去的陈迹而做了后人凭吊唏嘘的资料了。没有一座沙上建筑的楼阁能够稳立的。这是一个很好的教训。

一百四十几年前法国大革命中的启蒙学者让·龚多塞不顾死刑的威胁,躲在巴黎卢森堡附近的一间顶楼上忙碌地写他的最后的著作,这是历史和科学的著作。据他说历史和科学就是反对死的斗争。他的书也是为征服死而著述的。所以在写下最后两句话以后，他便离开了隐匿的地方。他那两句遗言是："科学要征服死，那么以后就不会再有人死了。"

他不梦想天堂，也不寻求个人的永生。他要用科学征服死，为人类带来长生的幸福。这样，他虽然吞下毒药，永离此世，他却比谁都更了解生了。

科学会征服死。这并不是梦想。龚多塞企图建造一座为大众享用的长生塔，他用的并不是平民的血肉，像我的童话里所描写的那样。他却用了科学。他没有成功。可是他给那座塔奠了基石。

这座塔到现在还只有那么几块零落的基石，不要想看见它的轮廓！没有人能够有把握地说定在什么时候会看见它的完成。但有一件事实则是十分确定的：有人在孜孜不倦地努力于这座高塔的建造。这些人是科学家。

生物是必死的。从没有人怀疑过这天经地义般的话。但是如今却有少数生物学者出来企图证明单细胞动物可以长生不死了。德国的怀司曼甚至宣言："死亡并不是永远和生物相关联的。"因为单细胞动物在养料充足的适宜的环境里便能够继续营养和生存。它的身体长大到某一定限度无可再长的时候，便分裂为二，成了两个子体。它们又自己营养，生长，后来又能自己分裂以繁殖其族系，只要不受空间和营养的限制，它们可以永远继续繁殖，长生不死。在这样的情形下面当然没有死亡。

拿草履虫为例，两个生物学者美国的吴特拉夫和俄国的梅塔尼科夫对于草履虫的精密的研究给我们证明：从前人以为分裂二百次、便现出衰老状态而逼近死亡的草履虫，如今却可以分裂到一万三千次以上,就是说它能够活到二十几年。这已经比它的平常的寿命多过七十倍了。有些人因此断定说这些草履虫经过这么多代不死,便不会死了。但这也只是一个假定。不过生命的延长却是无可否认的。

关于高等动物,也有学者作了研究。现在鸡的、别的一些动物的、甚至人的组织(tissue)已经可以用人工培养了。这证明:多细胞动物体的细胞可以离开个体,而在适当的环境里生活下去,也许可以做到长生不死的地步。这研究的结果离真正的长生术还远得很,但是可以说朝这个方向前进了一步。在最近的将来,延长寿命这一层,大概是可以办到的。科学家居然在显微镜下的小小天地中看出了解决人间大问题——生之谜的一把钥匙。过去无数的人在冥想里把光阴白白地浪费了。

我并不是生物学者,不过偶尔从一位研究生物学的朋友那里学得一点点那方面的常识。但这只是零碎地学来的,而且我时学时忘。所以我不能详征博引。然而单是这一点点零碎的知识已经使我相信龚多塞的遗言不是一句空话了。他的企图并不是梦想。将来有一天科学真正会把死征服。那时对于我们,生就不再是谜了。

然而我们这一代(恐怕还有以后的几代)和我们的祖先一样,是没有这种幸运的。我们带着新的力量来到世间,我们又会发挥尽力量而归于尘土。这个世界映在一个婴孩的眼里是五光十色;一切全是陌生。我们慢慢地活下去。我们举起一杯一杯的生之酒尽情地饮下。酸的,甜的,苦的,辣的我们全尝到了。新奇的变为平常,陌生的成为熟习。但宇宙是这么广大,世界是这么复杂,一个人看不见、享不到的是太多了。我们仿佛走一条无尽长的路程，游一所无穷大的园林，对于我们就永无止境。"死"只是一个障碍，或者是疲乏时的休息。有勇气、有精力的人是不需要休息的，尤其在胜景当前的时候。所以人应该憎恨"死"，不愿意跟"死"接近。贪恋"生"并不是一个罪过。每个生物都有生的欲望。蚱蜢饥饿时甚至吃掉自己的腿以维持生存。这种愚蠢的举动是无可非笑的，因为这里有的是严肃。

俄罗斯民粹派革命家妃格念尔"感激以金色光芒洗浴田野的太阳，感激夜间照耀在花园天空的明星"，但是她终于让沙皇专制政府将她在席吕塞堡中活埋了二十年。为了革命思想而被烧死在美国电椅上的鞋匠萨珂还告诉他的六岁女儿："夏天我们都在家里，我坐在橡树的浓荫下，你坐在我的膝上；我教你读书写字，或者看你在绿的田野上跳荡，欢笑，唱歌，摘取树上的花朵，从这一株树跑到那一株，从清朗、活泼的溪流跑到你母亲的怀里。我梦想我们一家人能够过这样的幸福生活，我也希望一切贫苦人家的小孩能够快乐地同他们的父母过这种生活。"

"生"的确是美丽的，乐"生"是人的本分。前面那些杀身成仁的志士勇敢地戴上荆棘的王冠，将生命视作敝屣，他们并非对于生已感到厌倦，相反的，他们倒是乐生的人。所以奈司拉莫夫坦白地说："我不愿意死。"但是当他被问到为什么去舍身就义时，他却昂然回答："多半是因为我爱'生'过于热烈，所以我不忍让别人将它摧残。"他们是为了保持"生"的美丽，维持多数人的生存，而毅然献出自己的生命的。这样深的爱！甚至那躯壳化为泥土，这爱也还笼罩世间，跟着太阳和明星永久闪耀。这是"生"的美丽之最高的体现。

"长生塔"虽未建成，长生术虽未发现，但这些视死如归但求速朽的人却也能长存在后代子孙的心里。这就是不朽。这就是永生。而那般含垢忍耻积来世福或者梦想死后天堂的"芸芸众生"却早已被人忘记，连埋骨之所也无人知道了。

我常将生比之于水流。这股水流从生命的源头流下来，永远在动荡，在创造它的道路，通过乱山碎石中间，以达到那唯一的生命之海。没有东西可以阻止它。在它的途中它还射出种种的水花，这就是我们生活里的爱和恨，欢乐和痛苦，这些都跟着那水流不停地向大海流去。我们每个人从小到老，到死，都朝着一个方向走，这是生之目标，不管我们会不会走到，或者我们会在中途走入了迷径，看错了方向。

生之目标就是丰富的、满溢的生命。正如青年早逝的法国哲学家居友所说："生命的一个条件就是消费。……个人的生命应该为他人放散，在必要的时候还应该为他人牺牲。……这牺牲就是真实生命的第一个条件。"我相信居友的话。我们每个人都有着更多的同情，更多的爱慕，更多的欢乐，更多的眼泪，比我们维持自己的生存所需要的多得多。所以我们必须把它们分散给别人，否则我们就会感到内部的干枯。居友接着说："我们的天性要我们这样做，就像植物不得不开花似的，纵然开花以后便会继之以死亡，它仍旧不得不开花。"

从在一滴水的小世界中怡然自得的草履虫到在地球上飞腾活跃的"芸芸众生"，没有一个生物是不乐生的，而且这中间有一个法则支配着，这就是生的法则。社会的进化，民族的盛衰，人类的繁荣都是依据这个法则而行的。这个法则是"互助",是"团结"。人类靠了这个才能够不为大自然的力量所摧毁,反而把它征服,才建立了今日的文明;一个民族靠了这个才能够抵抗他民族的侵略而维持自己的生存。

维持生存的权利是每个生物、每个人、每个民族都有的。这正是顺着生之法则。侵略则是违反了生的法则的。所以我们说抗战是今日的中华民族的神圣的权利和义务,没有人可以否认。

这次的战争乃是一个民族维持生存的战争。民族的生存里包含着个人的生存,犹如人类的生存里包含着民族的生存一样。人类不会灭亡,民族也可以活得很久,个人的生命则是十分短促。所以每个人应该遵守生的法则,把个人的命运联系在民族的命运上,将个人的生存放在群体的生存里。群体绵延不绝,能够继续到永久,则个人亦何尝不可以说是永生。

在科学还未能把"死"完全征服、真正的长生塔还未建立起来以前,这倒是唯一可靠的长生术了。

我觉得生并不是一个谜,至少不是一个难解的谜。

我爱生,所以我愿像一个狂信者那样投身到生命的海里去。

1937 年 8 月在上海

名师赏析

本文是一篇讲述有关生的哲理散文。文中引用大量名人名言,并加入自己的解读,来阐述生与死的关系,深入论述个体与族群、个体与人类的关系,借以阐述生命的本质,表达对生命的热爱和尊重。

文中写到乐生是人的本分,没有一个动物不是乐生的,但又指出,在这背后,还有一个更大的人类生存的法则。这个法则就是"互助"与"团结"。正因为如此,人类不但没有惨遭自然力量的摧毁,而且还能征服自然,改造自然,建立起现代的文明。世界上众多弱小的民族才能抵抗外族的侵略而维持自己的生存。文章从法理上,描述了中华民族抗击日本帝国主义侵略战争的正义性。

作者热情赞美了那些为了保持"生"的美丽、为了维持多数人的生存而毅然献出生命的勇士。期待将来有一天科学完全征服死亡,解开"生之谜",让人类能够普享生之快乐。同时也指出贪恋"生",并不是一种罪过,从人性的角度启发人们深入思考,从而唤醒国民的觉悟。

醉

我不会喝酒，但我有时也尝到醉的滋味。醉的时候我每每忘记自己。然而醉和梦毕竟是不同的。我常常做着荒唐的梦。这些梦跟现实离得很远，把梦景和现实的世界连接起来就只靠我那个信仰。所以在梦里我没有做过跟我的信仰违背的事情。

我从前说我只有在梦中得到安宁，这句话并不对。真正使我的心安宁的还是醉。进到了醉的世界，一切个人的打算，生活里的矛盾和烦忧都消失了，消失在众人的"事业"里。这个"事业"变成了一个具体的东西，或者就像一块吸铁石把许多颗心都紧紧吸到它身边去。在这时候个人的感情完全溶化在众人的感情里面。甚至轮到个人去牺牲自己的时候他也不会觉得孤独。他所看见的只是群体的生存，而不是个人的灭亡。将个人的感情消融在大众的感情里，将个人的苦乐联系在群体的苦乐上，这就是我的所谓"醉"。自然这所谓群体的范围有大有小，但"事业"则是一个。

我至今还记得我第一次的沉醉。那已经是十七八年前的事了，然而在我的脑子里还是十分鲜明。那时我是个孩子。我参加一个团体的集会。我从来没有像那样地感动过。谈笑，友谊，热诚，信任……从不曾表现得这么美丽。我曾经借了第三者的口吻叙述我当时的心情：这次十几个青年的茶会简直是一个友爱的家庭的聚会。但这个家庭里的人并不是因血统关系、家产关系而联系在一起的，结合他们的是同一的好心和同一的理想。在这个环境里他只感到心与心的接触，都是赤诚的心，完全脱离了利害关系的束缚。他觉得在这里他不是一个陌生的人，孤独的人。他爱着周围的人，也为他周围的人所爱。他了解他们，他们也了解他。他信任他们，他们也信任他。……

这是醉。第一次的沉醉以后又继之以第二次、第三次……这醉给了我勇气，给了我希望，使我一个幼稚的孩子可以站起来向旧礼教挑战，使我坚决地相信光明，信任未来。不仅是我，我们那个时代的青年都是这样地成长的。而且我相信每个时代的青年都会在这种沉醉中饮到鼓舞的琼浆。

时间是骎骎地驰过去了。醉的次数也渐渐地多起来。每一次的沉醉都在我的心上留下一点痕迹。有一两次我也走过那黑门，我的手还在门上停了一下。但是我们并没有机会得到那痛快的壮烈的最后。这是事实。一个人沉醉的时候，他会去干一些勇敢的事情，至少他会有这样的渴望。我们那时也就处在这样的境地。南国的芳香沁入我们的心灵，火把给我们照亮黑暗的窄巷。一堵墙、一扇门关不住我们的心。一个广场容纳不了我们的热情。或者一二十个孩子聚在一个小房间里，大家拥挤地坐在地上；或者四五个人走着泥泞的乡间道路。静夜里，石板路上响着我们的脚步声。在温暖的白昼，清脆的笑语又充满了古庙。没有寂寞，没有苦闷，没有悲哀。有的只是一个光明的希望。每个人的胸膛里都有着同样的一颗心。

这是无上的"沉醉"，这是莫大的"狂喜"，它使我们每个人"都消失在完全的忘我里面"。所以我们也曾夸大地立下誓言：要用我们的血来灌溉人类的幸福，用我们的死来使人类繁荣。要把我们的生命联系在人类的生命上面。人类生命的连续广延永远不会中断，没有一种阻力可以毁坏它。我们所看见的只有人类的繁昌，并没有个人的死亡。

我不能否认我们的狂妄，但是我应该承认我们的真挚。我们中间也有少数人实行了他们的约言。剩下的多数却让严肃的工作销蚀他们的生命。拿起笔的只有我一个。我不甘心就看着我的精力被一些方块字消磨干净，所以我责备自己是一个弱者。但是这个意思也很明显；这里并没有悲观，也没有绝望。若有人因此说我"在黑暗中哭泣"，那是他自己看错了文章。我们从没有过哭泣的时候。那不是我们的事情。甚至跟一个亲密的朋友死别，我们也只有暗暗地吞几滴眼泪。我们自然不能否认黑暗的存在。然而即使在黑暗的夜里，我们也看见在远方闪耀的不灭的光明，那是"醉"给我们带来的。

我常常用我自己的事情做例子，也许别人会把这篇《醉》看作我的自白。其实《死》和《梦》都不是我的自白，《醉》也不是。我可以举出另一些例子。我手边恰恰有几封信，我现在从里面引出几段，我让那些比我更年轻的人向读者说话：

那天夜里，正是我异常兴奋的一天。在学校里我们开了一个野火会。天空非常的黑沉，人们的影子在操场上移动着，呼喊着。它的声波冲破这沉寂的天空！

一堆烈火盛燃起来了。那光亮的红舌头照亮了每个人的脸，我们围绕着火堆唱歌。我们唱《自由神》《示威》等等，这个兴奋的会一直到火熄灭了为止。

这不也是"醉"么？

"在十二月××日，一个温暖的北方天气，阳光是那么明亮，又那么温暖，在这天我们学生跑到××（一个小乡村）去举行扩大行军。这项新鲜而又兴奋的工作弄得我一夜都没有睡好。

"大概八点钟吧。我们起程了，空着肚子，悄悄地离开了学校。我们经过了热闹的街市，吵嚷的人群，快到十点的时候才踏进乡村的境界。

"一条黄土道，向来是静寂得怕人，今天却有些改变了。一群学生穿着蓝布衫，白帆布球鞋，脸上露出神秘而又兴奋的微笑，拖着大步踏着这条黄土道。'一——二——一'不知道是谁这样喊着，我们下意识地跑起来。

"到那里已是响午了。我们群集在一个墓地里，后面是一带大树林，前面有几间小茅屋。农夫们停止了工作都出来看望。啊，是那么活跃着的一群青年！行军的号筒响了，雄壮的声音提起了每个人的勇气。我们真的像上了战场一样。

"战斗的演习继续到三点钟才完毕。因为环境不允许，我们的座谈会没有举行，就整队回校了。一路上唱着歌喊着热烈的口号。"

这是"醉"，令人永不能忘记的"沉醉"。它把无数青年的心连结在一起了。还有：

的确我不会是寂寞，我不会是孤独。我们永久是热情的，那么多被愤怒的火焰狂炽着的心永久会紧紧联系在一起的。啊，我想起了一件事情。我真不能够忘记。就是在去年下半年我们从先生的口中和报纸上知道了北平学生运动的经过情形，而激起了我们的请愿的动机。那时在深夜里我们悄悄的计划着，我们紧紧地携着手，在黑暗中祝福第二天背着校方的请愿成功。我们一点也不怕的在微弱的电筒光下写着旗子和施行的步骤。我们一夜没有睡。当天将亮的时候，我和另一个同学轻轻的在每一个寝室的玻璃窗上敲了两下，于是同学们都起来了。我们整齐了队伍，在微雨的早晨走出了校门。在出发的时候，我因为走得太忙，跌了一个斤斗，一个高一班的同学拉了我起来，我们无言的亲密的对笑着。一群孩子如一条粗长的铁链冲出了学校。虽然最后我们失败了。但那粗长的铁链使我们相信了我们自己。我们怎会寂寞，怎会孤独呢？

这是年轻的中国的呼声。我们的青年就这样地慢慢成长了。——那个"孩子"说得不错，在这样的沉醉中他们是不会感到寂寞和孤独的。让我在这里祝福他们。

1937 年 5 月在上海

名师赏析

  生活中,我们经历过很多的醉。诸如酒后的沉醉,获得后的陶醉,喜爱中的迷醉……醉是一种状态,一种心情,一种从肉体到精神的陶然。人世间,有很多美好的事物值得我们去醉,诸如友情、亲情、爱情,甚或祖国和人民。

  巴金认为:醉应将个人的喜乐连接在群体的喜乐之上,把个人的生命联系在人类的生命上面。文中写到他孩童时,参加青年人的一个集会,因为友情而醉。后来,在学生游行时,他又醉于为国家、民族的前途而奔波,醉于那"年青中国的呼声"。作者自言,这每一次的沉醉都在自己的心上留下一点痕迹。可见,醉是出自内心的感动,醉在于心甘情愿的付出!在醉着的状态里,我们可以表现得很好。

  从文学的角度看,醉是一个满载着温情和正义的意象,从那醉里我们能够感受到人生的美好与责任,得到艺术的享受。

忆

啊,为什么我的眼前又是一片漆黑?我好像落进了陷阱里面似的。我摸不到一样实在的东西,我看不见一个具体的景象。一切都是模糊,虚幻。……我知道我又在做梦了。

我每夜都做梦。我的脑筋就没有一刻休息过。对于某一些人梦是甜蜜的。但是我不曾从梦里得到过安慰。梦是一种苦刑,它不断地拷问我。我知道是我的心不许我宁静,它时时都要解剖我自己,折磨我自己。我的心是我的严厉的裁判官。它比 Torquemada 更残酷。

"梦,这真的是梦么?"我有时候在梦里这样地问过自己。同样,"这不就是梦么?"在醒着的时候,我又有过这样的疑问。梦景和真实渐渐地融合成了一片。我不再能分辨什么是梦和什么是真了。

薇娜·妃格念尔关在席吕塞堡中的时候,她说过:"那冗长的、灰色的、单调的日子就像是无梦的睡眠。"我的身体可以说是自由的,但我不是也常常过着冗长的、灰色的、单调的日子么?诚然我的生活里也有变化,有时我还过着两种完全不同的生活,然而这变化有的像电光一闪,光耀夺目,以后就归于消灭;有的甚至也是单调的。一个窒闷的暗夜压在我的头上,一只铁手扼住我的咽喉。所以便是这些灰色的日子也不像无梦的睡眠。我眼前尽是幻影,这些日子全是梦,比真实更压迫人的梦,在梦里我被残酷地拷问着。我常常在梦中发出叫声,因为甚至在那个时候我也不曾停止过挣扎。

这挣扎使我太疲劳了。有一个极短的时间我也想过无梦的睡眠。这跟妃格念尔所说的却又不同。这是永久的休息。没有梦,也没有真;没有人,也没有自己。这是和平。这是安静。我得承认,我的确愿望过这样的东西。但那只是一时的愿望,那只是在我的精神衰弱的时候。常常经过了这样的一个时期,我的精神上又起了一种变化,我为这种愿望而感到羞惭和愤怒了。我甚至责备我自己的懦弱。于是我便以痛悔的心情和新的勇气开始了新的挣扎。

我是一个充满矛盾的人。"我过的是两重的生活。一种是为他人的外表生活,一种是为自己的内心生活。"我的灵魂里充满了黑暗。然而我不愿意拿这黑暗去伤害别人的心。我更不敢拿这黑暗去玷污将来的希望。而且当一个青年怀着一颗受伤的心求助于我的时候,我纵不是医生,我也得给他一点安慰和希望,或者伴他去找一位名医。为了这个缘故,我才让我的心,我的灵魂扩大起来。我把一切个人的遭遇、创伤等等都装在那里面,像一只独木小舟沉入大海,使人看不见一点影响。我说过我生来就带有忧郁性,但是那位作为"忧郁者"写了自白的朋友,却因为看见我终日的笑容而诧异了,虽然他的脸上也常常带着孩子的傻笑。其实我自己的话也不正确。我的父母都不是性情偏执的人,他们是同样的温和,宽厚,安分守己,那么应该是配合得很完满的一对。他们的灵魂里不能够贮藏任何忧郁的影子。我的忧郁性是不能够从他们那里得来的。那应该是在我的生活环境里一天一天地磨出来的。给了那第一下打击的，就是母亲的死，接着又是父亲的逝世。那个时候我太年轻了，还只是一个应该躲在父母的庇护下生活的孩子。创伤之上又加创伤，仿佛一来就不可收拾。我在七年前给我大哥的信里曾写道："所足以维系我心的就只有工作。终日工作，终年工作。我在工作里寻得痛苦，由痛苦而得满足。……我固然有一理想。这个理想也就是我的生命，但是我恐怕我不能够活到那个理想实现的时候。……几年来我追求光明，追求人间的爱，追求我理想中的英雄。结果我依旧得到痛苦。但是我并不后悔，我还要以更大的勇气走我的路。"但是在这之前不久的另一封信里我却说过："我在心里筑了一堵墙，把自己囚在忧郁的思想里。一壶茶，一瓶墨水，一管钢笔，一卷稿纸，几本书……我常常写了几页，无端的忧愁便来侵袭。仿佛有什么东西在我的胸膛里激荡，我再也忍不下去，就掷了笔披起秋大衣往外面街上走了。"

在这两封信里不是有着明显的矛盾么？我的生活，我的心情都是如此的。这个恐怕不会被人了解罢。但是原因我自己却明白。造成那些矛盾的就是我过去的生活。这个我不能抹煞，我却愿意忘掉。所以在给大哥的另一封信里我又说："我怕记忆，我恨记忆，它把我所愿意忘掉的事，都给我唤醒来了。"

的确我的过去像一个可怖的阴影压在我的灵魂上，我的记忆像一根铁链绊住我的脚。我屡次鼓起勇气迈着大步往前面跑时，它总抓住我，使我退后，使我迟疑，使我留恋，使我忧郁。我有一颗飞向广阔的天空去的雄心，我有一个引我走向光明的信仰。然而我的力气拖不动记忆的铁链。我不能忍受这迟钝的步履,我好几次求助于感情,但是我的感情自身被夹在记忆的钳子里也失掉了它的平衡而有所偏倚了。它变成了不健康而易脆弱。倘使我完全信赖它,它会使我在彩虹一现后随即完全隐去。我就会为过去所毁灭了。为我的前途计,我似乎应该撇弃为记忆所毒害了的感情。但是在我这又是势所不能。所以我这样永久地颠簸于理智与感情之间,找不到一个解决的办法。我的一切矛盾都是从这里来的。

我已经几次说过了和这类似的话。现在又来反复解说,这似乎不应该。而且在这时候整个民族的命运都陷在泥淖里,我似乎没有权利来絮絮地向人诉说个人的一切。但是我终于又说了。因为我想,这并不是我个人的事,我在许多人的身上都看见和这类似的情形。使我们的青年不能够奋勇前进的,也正是那过去的阴影。我常常有一种奇怪的想法:倘使我们是没有过去生活的原始人,我们也许能够做出更多的事情来。

但是回忆抓住了我,压住了我,把我的心拿来肢解,把我的感情拿来拷打。它时而织成一个柔软的网,把我的身体包在里面;它时而燃起猛烈的火焰,来烧我的骨髓。有时候我会紧闭眼目,弃绝理智,让感情支配我,听凭它把我引到偏执的路上,带到悬崖的边沿,使得一个朋友竟然惊讶地嚷了出来:"这样下去除了使你成为疯子以外,还有什么?"其实这个朋友却忘了他自己也有不小的矛盾,他和我一样也是为回忆所折磨的人。他以为看人很清楚,却不知看自己倒糊涂了。他把自己看作人类灵魂的医生,他给我开了个药方:妥协,调和。他的确是一个好医生,他把为病人开的药方拿来让自己先服了。然而,结果药方完全不灵。这样的药医不了病。他也许还不明白这是什么缘故。我却知道唯一的灵药应该是一个"偏"字：不是跟过去调和，而是把它完全撇弃。不过我的病太深了，一剂灵药也不会立刻治好多年的沉疴。

……

我又在做梦了。我的眼前是一片漆黑，不，我的眼前尽是些幻影。我的眼睛渐渐地亮了，那些人，那些事情。……难道我睡得这么深沉么？为什么他们能够越过这许多年代而达到我这里呢？

我全然在做梦了。我忘记了周围的一切，我忘记了我自己。好像被一种力量拉着，我沉下去，我沉下去，于是我到了一个地方。难道我是走进了坟墓，或者另一个庞贝城被我发掘了出来？我看见了那许多人，那些都是被我埋葬了的，那些都是我永久失掉了的。

我完全沉在梦景里面了。我自己变成了梦中的人。一种奇怪的感情抓住了我。我由一个小孩慢慢地长大起来。我生活在许多我的同代人中间，分享他们的悲欢。我们的世界是狭小的。但是我们却把它看作宇宙般的广大。我们以一颗真挚的心和一个不健全的人生观来度我们的日子。我们有更多的爱和更多的同情。我们爱一切可爱的事物：我们爱夜晚在花园上面天空中照耀的星群，我们爱春天在桃柳枝上鸣叫的小鸟，我们爱那从树梢洒到草地上面的月光，我们爱那使水面现出明亮珠子的太阳。我们爱一只猫，一只小鸟。我们爱一切的人。我们像一群不自私的孩子去领取生活的赐予。我们整天尽兴地笑乐，我们也希望别人能够笑乐。我们从不曾伤害过别的人。然而一个黑影来掩盖了我们的灵魂。于是忧郁在我们的心上产生了。这个黑影渐渐地扩大起来，跟着它就来了种种的事情。一个打击上又加第二个。眼泪，呻吟，叫号，挣扎，最后是悲剧的结局。一个一个年轻的生命横遭摧残。有的离开了这个世界，留下一些悲痛的回忆给别的人；有的就被打落在泥坑里面不能自拔……

啊，我怎么做了一个这么长久的梦！我应该醒了。我果然能够摆脱那一切而醒起来么？那许多生命，那许多被我爱过的生命在我的心上刻画了那么深的迹印，我能够把他们完全忘掉么？

我把这一切已经埋葬了这么多的年代，为什么到现在还会有这样长的梦？这样痛苦的梦？甚至使我到今天还提笔来写《春》？

过去，回忆，这一切把我缚得太紧了，把我压得太苦了。难道我就永远不能够摆脱它而昂然地、无牵挂地去走我自己的路么？

我的梦醒了。这应该是最后的一次了。我要摆脱那一切绊住我的脚的东西。我要摆脱一切的回忆。我要把它们全埋葬在一个更深的坟墓里，我要忘掉那过去的一切。

不管这是不是可能，我既然开始了我的路程，我既然跟那一切挣扎了这许多年代，那么，我还要继续挣扎下去。在永久的挣扎中活下去，这究竟是我度过生活的美丽的方法。

1936 年 5 月

名师赏析

　　巴金一生追求创作和生活的一致，热情、忧患和良知是他对生活的一贯态度，也体现在他的散文中，映照着作家的本心。

　　生活中，巴金常常苦于梦景和回忆。这一切源自爱，源自一颗正直的心。文中多次表达，作者在梦中曾经常拷问自己，"梦醒之后，梦景和真实又渐渐地融合成一片"，而回忆则一次又一次地刺痛着作者的心灵，把那愿意忘掉的事，都给唤醒来了。这一切都因为那个苦难的时代和在苦难中一个一个逝去的亲人。文章的主旨就隐藏在这种抒情的笔调之中。

　　真挚灼热、畅达自然，是巴金散文的基本"风骨"，作者用一颗滚烫的心，去触碰现实生活中的坚冰。那些舒缓自然的文字，犹如一条夜行于水面的航船，把一切个人的遭遇、创伤等都装在里面。时而浮在水上，清晰可见，时而又沉入大海，看不见一点影子。

家庭的环境

我们回到成都,又换了一个新的环境,而且不久革命就爆发了。

我当时一点也不懂什么叫作革命,更谈不到拥护或者害怕,只有十月十八日的兵变给我留下了一个恐怖的印象。

那些日子我仍旧在书房里读书。一天一天听见教书先生(他似乎姓龙,又好像姓邓)用激动的声音讲起当时川汉铁路的风潮。

龙先生是个新党,所以他站在人民一方面。自然他不敢公开说出反对清朝政府的话。不过对于被捕的七个请愿代表他却表示大的尊敬,而且他不喜欢当时的总督赵尔丰。

二叔和三叔从日本留学回来不过一两年。他们的辫子是在日本剪掉了的(我现在记不清楚是两个人的辫子都剪掉了,还只是其中的一个剪掉了辫子),现在他们戴上了假的辫子。有些人在背后挖苦他们,骂他们是革命党。

我的脑后垂着一根小小的、用红头绳缠的硬辫子,我每天早晨都要母亲或者老妈子给我梳头,我觉得这是很讨厌的事情。因此我倒喜欢那些主张剪掉辫子的革命党。

旧历十月十八日是祖母的生忌,家里的人忙着摆供。

下午就听说外面风声不大好。

五点钟光景，父亲他们正在堂屋里磕头。忽然一个仆人进来报告：外面发生了兵变，好几家银行和当铺都被抢了。我们二伯父的公馆也遭到变兵的光顾。

其实后一个消息是不确实的。二伯父的公馆虽然离我们这里很近，但是在当时谁也失掉了判断力，况且二伯父一家又是北门一带的首富，很有遭抢劫的可能。

于是堂屋里起了一个小小的骚动，众人马上四散了。各人回到房里去想"逃难"的办法。

父亲和母亲商量了片刻，大家就忙乱起来。

一个仆人帮忙父亲把地板撬开一块，从立柜里取出十几封银元放在地板下面。后来他们又放了好几封银元在后花园的井里。

又有人忙着搬梯子来，把几口红皮箱放到顶楼板上面去，那里是藏东西的地方。

同时母亲叫人雇了几乘轿子来，把我们兄弟姊妹带到外祖母家里去。大哥陪着父亲留在家里。

我和母亲坐在一乘轿子里面。母亲抱着我。我不时偷偷地拉起轿帘看外面的街景。

街上有些人在跑。好几乘轿子迎面撞过来。没有看见一个变兵。

晚上我们都挤在外祖母房里，大家都不说话。

外面起了枪声，半个天空都染红了。一个年轻的舅父在窗下对我们说话。这些话都是很可怕的。

外祖母闭着眼睛念佛。

后来附近一带突然起了嘈杂的人声。好像离这里只有十几步路的赵公馆给变兵打进去了。

闹声，哭声，枪声，物件撞击声……响成了一片。

外祖母逼着母亲逃走，母亲不肯。大家争论了片刻，母亲就带着我们到了后面天井里。外祖母一定不肯走，她说她念佛吃素多年了，菩萨会保佑她。

天是红的。几株树上有乌鸦在叫。枪声，我们也听得很清楚。

母亲发出了几声绝望的叹息。她还关心到外祖母，关心到父亲。

舅父给我们搬了梯子来。墙并不高。一个老妈子先爬到墙外去。然后母亲，三哥，我都爬过去了。接着我的两个姐姐也爬了过去。

墙外是一个菜园。我们在菜畦里躲了好些时候，简直顾不到寒冷了。

后来我们看见没有什么动静，才到那个管菜园的老太婆的茅棚里坐了一夜。

那个老太婆亲切地招待我们，还给我们弄热茶来喝。

母亲一晚上都在担心家里的事情。第二天十九日的上午外面平静了，她就带着我一个人先回家。父亲和大哥惊喜地迎接我们。

父亲告诉我们：昨晚半夜里果然有十几个变兵撬了大门进来。家里已经有了准备。十几个堂勇端起火药枪在二门外的天井里排成了两排，再加上三叔的两个镖客（三叔在南充做知县，刚刚从那里回来）。变兵看见这里人多，不敢动手，只说来借点路费。父亲叫人拿了一封银元出来送给他们,他们就走了。只损失了这一百元。以后再也没有变兵进来过。

这一晚上在家里就只有父亲和大哥照料着。叔父和婶娘们都避开了,祖父也到别处去了。

这一天是母亲和我的生日,但是家里已经忘记了这件事情。

从此我们就平平安安地过下去。地板下面的银元自然取了出来。井里的却不知给谁拿去了,父亲叫人来淘了两次井,都没有找到。

赵尔丰被革命党捉住杀头的消息使龙先生非常高兴,同时在我们的家里产生了种种不同的印象。在以后许多天里,我们都听见人们在谈论赵尔丰被杀头的事情。

共和革命算是成功了。

二叔和三叔头上的假辫子也取了下来。再没有人嘲笑他们的"秃头"了。

在一个晴明的下午,仆人姜福(他不知道从哪里刚学会了剪发的手艺)找了一把剪发的洋剪刀,把我和三哥的小辫子剪掉了。

接着我们全家的男人都剪掉了辫子。仆人中有一两个不肯剪的,却不留心在街上给警察强迫剪去了。

我们家里开始做新的国旗。照例由父亲管这些事情。他拿一大块白洋布摊在方桌上面,先用一个极大的碗,把墨汁涂了碗口,印了一个大圆形在布上,然后用一个小杯子在大圆形的周围印了十八个小圈。在大圆形里面写了一个"汉"字,十八个小圈代表当时的十八省。

我对于做国旗的事情感到兴趣。但是不久中华民国成立，我们家里又把大汉旗收起，另外做了五色旗。

祖父因为革命而感到悲哀，父亲没有表示什么意见。二叔断送了他的四品的官，三叔却给自己起了个"亡国大夫"的笔名。三叔还是一个诗人，写过不少的诗。祖父也是诗人，还印过一册诗集《秋棠山馆诗钞》送人。父亲和二叔却不常作诗。

至于我们这一辈，虽然大都是小孩子，但是对于清朝政府的灭亡，都觉得高兴。

清朝倒了。我们依旧在龙先生的教导下面读书。但是大哥不久就进了中学。

两年半以后，母亲永远离开了我们。

母亲死在民国三年（一九一四年）旧历七月的一个夜里。

母亲病了二十多天。她在病中是十分痛苦的。一直到最后一天，她还很清醒，但是人已经不能够动了。

我和三哥就住在隔壁的房间里。每次我们到病床前看她，她总要流眼泪。

在我们兄弟姊妹中间，母亲最爱我，然而我也不能够安慰她，减轻她的痛苦。

母亲十分关心她的儿女。她临死前五天还叫大哥到一位姨母处去借了一对金手镯来。她嫌样子不好看，过了两天她又叫大哥拿去还了，另外在二伯母那里去借了一对来。这是为大哥将来订婚用的。她在那样痛苦的病中还想到这些事情。

我和三哥都没有看见母亲死。那个晚上因为母亲的病加重,父亲很早就叫老妈子照料我们睡了。等到第二天早晨我们醒来时,棺材已经进门了。

我含着眼泪,心里想着我是母亲最爱的孩子。

棺材放在签押房里。闭殓的时候,两个人手里拿着红绫的两头预备放下去。许多人围着棺材哭喊。我呆呆地望着母亲的没有血色的脸。我恨不能把以后几十年的眼光都用来在这个时候饱看她。

红绫终于放下去了。它掩盖了母亲的遗体。漆匠再用木钉把它钉牢。几个人就抬着棺盖压上去。

二姐和三姐不肯走开,她们伤心地哭着,把头在棺材上面撞。

晚上睡觉的时候,我还听见签押房里两个姐姐的哀哀的哭声。我不能够闭上眼睛。我的眼泪也淌了出来。我怜悯我的两个姐姐。我也怜悯我自己。

早晨我也会被她们的哭声惊醒。我就躺在床上,含着眼泪,祷告母亲保佑我的两个姐姐。

白天我常常望着签押房里灵帷前母亲的放大照像。我心里想着这时候母亲在什么地方。

家祭的一夜,我们三弟兄匍匐地跪在灵前蒲团上,听着一个表哥诵读父亲替我们做好的一篇祭文。

"……吾母竟弃不孝等而长逝矣……不孝等今竟为无母之人矣……"

诵读的声音很可笑。我不过是一个十岁的孩子,我细嚼着这两句话的滋味,我的眼泪滴在蒲团上了。

第二天灵柩就抬了出去,先寄殡在城外一座古庙里,后来安葬在磨盘山。父亲在一个坟墓里做好了两个穴。左边的一个是留给他自己用的。三年后他果然睡在那个穴里面了。

灵柩抬出去以后,家里的一切恢复了原状。母亲房里的陈设跟母亲在时并没有两样,只多了一张母亲的放大半身照像。

常常我走进父亲的房间,看不见母亲,还以为她在后房里,便温和地叫了一声"妈"。但是我马上就想起母亲已经是另一个世界里的人了。

我成了一个没有母亲的孩子。跟有母亲的堂兄弟们比起来,我深深地感到了没有母亲的孩子的悲哀。

也许是为了填补这个缺陷罢,父亲后来就为我们接了一个更年轻的母亲来。

这位新母亲待我们也很好。但是她并不能够医好我心上的那个伤痕。她不能够像死去的母亲那样的爱我,我也不能够像爱亡母那样的爱她。

这不是她的错,也不是我的错,因为在这之前我们原是两个彼此不了解的陌生的人。

母亲死后四个多月的光景二姐也死了。

二姐患的是所谓"女儿痨"的病。我们回到成都不久她就病了。有一次她几乎死掉,后来有人介绍四圣祠医院的一个英国女医生来治好了她。

因此母亲叫人买了刀叉做了西餐,请了四圣祠医院的几个"洋太太"到我们家里来吃饭。这是我们第一次跟西洋人接触。她们都会说中国话。我觉得她们也很和气。

母亲同那几个英国女医生做了朋友。她带着我到她们的医院里去玩过几次，也去看过病。她们送了我们一些西洋点心和好几本书。我很喜欢那本皮面精装的《新旧约全书》官话译本。不过那时候我并没有想到去读它。母亲死后，我们就没有跟那几个英国女医生来往了。

母亲一死，二姐就没有过一天好日子。大概是过分的悲痛毁坏了她的身体。

她一天天地瘦弱起来，脸上没有一点血色，面孔也是一天比一天憔悴。她常常提起母亲就哭，我很少看见她笑过。

"妈，你看二姐多可怜，你要好好地保佑二姐啊！"我常常在暗中祷告。

但是二姐的病依旧没有起色。父亲请了许多名医来给她诊断，都没有用。

冬天一到，二姐便睡倒了。谁看见她，都会叹息地说：她瘦得真可怜。

旧历十一月二十八日是祖父的生日，从那一天起，我们家里接连唱了三天戏。戏台在大厅上，天井里坐了十几桌客。全家的人带着笑容跑来跑去。

二姐一个人病在房里，听见这些闹声，她一定很难受。晚上客人散去了大半，父亲便叫人把二姐扶了出来，远远地坐在阶上看戏。

二姐坐在一把藤椅上，不能动，用失神的眼光茫然地望着戏台。我不知道她眼里看见的是什么景象。

脸瘦成了一张尖脸，嘴唇也枯了。我的心为爱、为怜悯而痛苦了。

"我要进去，"二姐把头略略一偏，做出不能忍耐的样子低声说。老妈子便把她扶了进去。

三天以后二姐就永远闭了她的眼睛，她也死在天明以前，那时候我在梦里，不能够看见她的最后一刻是怎样过去的。

我那天早晨做了一个奇怪的梦。我到了一个坟场。地方很宽，长满了草。中间有一座陌生人的坟。坟后长了几株参天的柏树。仿佛是在春天的早晨。阳光在树梢闪耀，坟前不少的野花正开出红的、黄的、蓝的、白的花朵。两三只蝴蝶在花间飞舞。树枝上还有些山鸟在唱歌。

我站在坟前看墓碑上刻的字，一阵微风把花香送进我的鼻子里。忽然坟后面响起了哭声。

我惊醒了。心跳得很厉害。我在床上躺了片刻。哭声依旧在我的耳边荡漾。我分辨出来这是三姐的哭声。

我感到了恐怖。我没有疑惑：二姐死了。

父亲忙着料理二姐的后事。过了一会儿，姨外婆坐了轿子来数数落落地哭了一场。

回到成都以后我还是一个小孩。能够同我在一块儿玩的，就只有三哥和几个年纪差不多的堂、表弟兄，此外还有几个仆人。在广元陪我们玩的香儿已经死了。

大哥已经成人。他喜欢和姐姐，堂姐，表姐们一块儿玩。在我们这个大家庭里，我们这一辈的男男女女很多。我除了两个胞姐和三个堂姐外还有好几个表姐。她们和大哥的感情都很好。她们常常到我们家里来玩，这时候大哥就忙起来。姐姐、堂姐、表姐聚在一块儿，她们给大哥起了一个"无事忙"的绰号。

游戏的种类是很多的。大哥自然是中心人物。踢毽子，拍皮球，掷大观园图，行酒令。酒令有好几种，大哥房里就藏得有几副酒筹。

常常在傍晚，大哥和她们凑了一点钱，买了几样下酒的冷菜，还叫厨子做几样热菜。于是大家围着一张圆桌坐下来，一面行令，一面喝酒，或者谈一些有趣味的事情，或者评论《红楼梦》里面的人物。那时候在我们家里除了我们这几个小孩外，没有一个人不曾读过《红楼梦》。父亲在广元买了一部十六本头的木刻本，母亲有一部石印小本。大哥后来又买了一部商务印书馆出版的铅印本。我常常听见人谈论《红楼梦》，当时虽然不曾读它，就已经熟悉了书中的人物和事情。

后来有两个表姐离开了成都，二姐又跟着母亲死了。大哥和姐姐们的聚会当然没有以前那样的热闹，但是也还有新的参加者，譬如两个表哥和一个年轻的叔父(六叔)便是。我和三哥也参加过两三次。

不过我的趣味是多方面的。我跟着三哥他们组织了新剧团，又跟着六叔他们组织了侦探队。我还常常躲在马房里躺在轿夫的破床上烟灯旁边听他们讲青年时代的故事。

有一个时期我和三哥每晚上都要叫姜福陪着到可园去看戏。可园演的有川戏，也有京戏。我们一连看了两三个月。父亲是那个戏园的股东，有一厚本免费的戏票。而且座位是在固定的包厢里面，用不着临时去换票。我们爱看武戏，回来在家里也学着翻斤斗，翻杠杆。

父亲喜欢京戏。当时成都戏园加演京戏聘请京班名角，这种事情大半由他主持。由上海到成都来的京班角色，在登台之前常常先到我们家来吃饭。自然是父亲请客。他们有时也在我们的客厅里清唱。

有一次父亲请新到的八九个京班名角在客厅里吃饭。饭后大家正在花园里玩，那个唱老旦的宝幼亭（我们先听过了他的唱片）忽然神经错乱，跪在地上赌咒般地说了好些话。众人拉他，他不肯走，把父亲急得没有办法。我们在旁边觉得好笑。我和这些戏子都很熟，有时我还跟着父亲到后台去看他们化装。

一个唱青衣的小孩名叫张文芳，年纪不过十四五岁，当时在成都也受人欢迎。他的哥哥本来也唱青衣，如今嗓子坏了不再登台了，就管教弟弟，靠着弟弟过活。他也到我们家里来过一次。他完全是个小孩，并没有一点女人气。然而在戏里他却改换面目做了种种的薄命的女人。我看惯了他演的那些悲剧，一点也不喜欢。但是有一次离新年不远，我跟着父亲到了他们住的地方（大概就是在戏园里面），看见他穿一身短打，手里拿了一把木头的关刀寂寞地舞着，我不觉望着他笑了。我和他玩了好一会儿，问答了一些事情，直到父亲来带我回家的时候。我想，他的生活一定是很寂寞的罢。

然而说句公平的话，父亲对待戏子的态度很客气，他把他们当作朋友，所以能够得到他们的信任。他并没有玩过小旦。

三叔却不同，他喜欢一个川班的小旦李凤卿。祖父也喜欢李凤卿。有一次祖父带我去看戏。李凤卿包了头穿着粉红衫子在台上出现以后，祖父曾经带笑地问过我认不认识这个人。

李凤卿时常来找三叔。他也常常同我们谈话。他是一个非常亲切的人，会写一手娟秀的字。他虽然穿着男人的衣服，但是举动和说话都像女人，有时候手上、脸上还留着脂粉。

有一次三叔把李凤卿带到我们客厅里来化装照相。我看见他在那里包头，擦粉，踩跻。他先装扮成一个执长矛的古代的女将，后来就改扮作一个旗装贵妇。这两张照片后来都挂在三叔的房里，三叔还亲笔题了诗在上面。

李凤卿的境遇很悲惨。后来在祖父死后不多久他也病死了，剩下一个妻子，连埋葬费也没有。还是三叔出钱把他安葬了的。

三叔做了一副挽联吊他，里面有"……也当忍死须臾，待侬一诀"的话。

二叔也做过一副挽联，我还记得上下联的后半句是："……哪堪一曲广陵，竟成绝响。……惆怅落花时节，何处重逢。"

后来二叔偶尔和教书先生谈起这件事情，那个六十岁的曹先生不觉惊讶地问道：

"××先生竟然也好此道？他不愧是一个风雅士！"

这"××先生"是指三叔。三叔在南充做知县的时候，曹先生是那个县的教官。曹先生到我们家来教书还是三叔介绍的。李凤卿当时在南充唱戏，三叔在那里认识了他。

听见"风雅士"三个字，就跟平日听见曹先生说的"大清三百年来深仁厚泽浃沦肌髓"的话一样，我觉得非常肉麻。

二叔对曹先生谈起李凤卿的生平。他本是一个小康人家的子弟。十三四岁时给仇人抢了去，因为他家里不肯出钱赎取，他就被人坏了身子卖到戏班里去，做了旦角。

五叔后来也玩过川班的旦角。他还替他们编过剧本。

我们组织过一个新剧团,在桂堂后面竹林里演新剧。竹林前面有一块空地,就做了我们的舞台。我们用复写纸印了许多张戏票送人,拉别人来看我们的表演。

我们的剧本是自己胡乱编的,里面没有一个女角。主要演员是六叔、二哥(二叔的儿子)、三哥和香表哥;我和五弟(也是二叔的儿子)两个只做配角,或者在戏演完以后做点翻杠杆的表演。看客多半是女的,就是姐姐、堂姐、表姐们。我们用种种方法强迫她们来看,而且一定要戏演完才许她们走。

父亲也被我们拉来了。他居然坐在那里看完我们演的戏。他又给我们编了一个叫作《知事现形记》的剧本。二哥和三哥扮着戏里面两个主角表演得有声有色的时候,父亲也哈哈地笑起来。

在公馆里我有两个环境,我一部分时间跟所谓"上人"在一起生活,另一部分时间又跟所谓"下人"在一起生活。

我常常爱管闲事,我常常在门房、马房、厨房里面和仆人、马夫们一起玩,常常向他们问这问那,因此他们都叫我做"稽查"。

有时候轿夫们在马房里煮饭,我就替他们烧火,把一些柴火枯叶送进那个柴灶里去。他们打纸牌时,我也在旁边看,常常给那个每赌必输的老唐帮忙。有时候他们也诚恳地对我倾吐他们的痛苦,或者坦白地批评主人们的好坏。他们对我什么事都不隐瞒。他们把我当作一个同情他们的小朋友。我需要他们帮忙的时候,他们也没有一点吝惜。

我生活在仆人、轿夫中间。我看见他们怎样怀着原始的正义的信仰过那种受苦的生活,我知道他们的欢乐和痛苦,我看见他们怎样跟贫苦挣扎而屈服、而死亡。六十岁的老书僮赵升病死在门房里。抽大烟的仆人周贵偷了祖父的字画被赶出去，后来做了乞丐，死在街头。一个老轿夫离开我们家，到斜对面一个亲戚的公馆里当看门人，不知道怎样竟然用一根裤带吊死在大门里面。这一类的悲剧以及那些活着的"下人"的沉重的生活负担，如果我一一叙述出来，一定会使最温和的人也无法制止他的愤怒。

我在污秽寒冷的马房里听那些老轿夫在烟灯旁叙述他们痛苦的经历，或者在门房里黯淡的灯光下听到仆人发出绝望的叹息的时候，我眼里含着泪珠，心里起了火一般的反抗的思想。我宣誓要做一个站在他们这一边、帮助他们的人。

我同他们的友谊一直继续到我离开成都的时候。不过我进了外国语专门学校以后，就很少有时间在门房和马房里面玩了。接着我又参加了社会运动。

我早就不到厨房里去了，因为我不高兴看谢厨子和老妈子调情（他后来就同祖父的一个老妈子结了婚，那个女人原是一个寡妇），而且谢厨子仗着祖父喜欢他，常常欺凌别人，也使我不满意他，虽然我从前常常到厨房去看他烧菜做点心。

我愈是多和"下人"在一起，愈是讨厌"上人"中间那些虚伪的礼节和应酬。有两次在除夕全家的人在堂屋里敬神，我却躲在马房里轿夫的破床上。那里没有人，没有灯，外面有许多人叫我，我也不应。我默默地听着爆竹声响了又止了，再过一会儿我才跑出来回到自己的房间去。

家里平日敬神的时候，我也会设法躲开。我为了这些事情常常被人嘲笑，但是我始终照自己的意思做。

六叔、二哥、奉表哥三个人合作办了一种小说杂志，名称就叫《十日》，一个月出三本，每本用复写纸印了五六份。

我是杂志的第一个订户。大哥把他那篇最得意的哀情小说在《十日》杂志第一期上面发表了，所以他们也送他一份。还有一个奉表哥也投了一篇得意的稿子。

在我们家里大哥是第一个写小说的人。他的小说是以"暮春三月，江南草长，杂花生树，群莺乱飞"的旧句开始的。奉表哥的小说是以"杏花深处，一角红楼"的句子开始的。接着就是"斗室中有一女郎在焉。女郎者何，×其姓，××其名"诸如此类的公式文章。把"女郎"两个字改作"少年"就成了另一篇小说。小说的结局离不掉情死，后面还有一封情人的绝命书。

我对于《十日》杂志上千篇一律的才子佳人的哀情小说感不到兴趣。而且我亲眼看见他们写小说时分明摊开了好几本书在抄袭。这些书有尺牍，有文选，有笔记，有上海新出的流行小说和杂志。小说里每段描写景物的四六句子，照例是从尺牍或者文选上面抄来的。他们写小说并不费力。不过对于那三个创办杂志的人的抄录、装订、绘图的种种苦心我却是很佩服。

《十日》杂志出版了三个月，我只花了九个铜元的订费，就得到厚厚的九本书。

民国六年春天成都发生了第一次巷战。在这七天川军同滇军的巷战中，我看见了不少可怕的流血的景象。

在这时候二叔的两个儿子，二哥和五弟突然患白喉症死了。我在几天的工夫就失掉了两个同伴。

他们本来可以不死，但是因为街上断绝了行人，请不到医生来治病，只得让他们躺在家里，看着病一天天地加重。等到后来两个轿夫背着他们跨过战壕，冒着枪林弹雨赶到医院时，他们已是奄奄一息了。

战事刚刚停止，我和三哥也患了喉症。我们的病还没有好，父亲就病死了。

父亲很喜欢我。他平时常常带着我一个人到外面去玩。在他的病中他听说我的病好多了，想看我，便叫人来陪我到他的房里去。

我走到床前，跪在踏脚凳上，望着他的憔悴的脸，叫了一声"爹"。

"你好了？"他伸出手抚摩我的头。"你要乖乖的。不要老是拼命叫'罗嫂！罗嫂！'你要常常来看我啊！"罗嫂是在我们病中照料我们的那个老妈子。

父亲微微笑了。

"好，你回去休息罢。"过了半响父亲这样吩咐了一句。

第三天父亲就去世了。他第一次昏过去的时候，我们围在床前哭唤他。他居然醒了转来。我们以为他不会死了。

但是不到一刻钟光景，他又开始在床上抽气了。我们看着他一秒钟一秒钟地死下去。

于是我的环境马上改变了。好像发生了惊天动地的剧变。

满屋子都是哭声。

晚上我和三哥坐在房间里：望着黯淡的清油灯光落泪。大哥忽然跑进来，在床沿上坐下去，哭着说："三弟，四弟，我们……如今……没有……父亲……了……"

我们弟兄三个痛哭起来。

自从父亲接了继母进来以后，我们就搬到左边厢房里住。后来祖父吩咐把我们紧隔壁的那间停过母亲灵柩的签押房装修好，做了大哥结婚时的新房。大哥和嫂嫂就住在我们的隔壁。

这时候嫂嫂在隔壁听见了我们的哭声，便走过来劝慰大哥。他们夫妇埋着头慢慢地出去了。

父亲埋葬了以后，我心里更空虚了。我常常踯躅在街头，我总觉得父亲在我的前面，仿佛我还是依依地跟着父亲走路，因为父亲平时不大喜欢坐轿，常常带了我在街上慢步闲走。

但是一走到行人拥挤的街心，跟来往的人争路时，我才明白我是孤零零的一个人。

从此我就失掉了人一生只能够有一个的父亲了。

父亲死后不久，成都又发生了更激烈的巷战。结果黔军被川军赶走了，全城的房屋却烧毁了很多。不用说我们受了惊，可是并没有大的损失。

我们自然有饭吃，只是缺少蔬菜和油荤。

在马房里轿夫们喝着烧酒嚼着干锅盔（大饼）来充塞肚里的饥饿，他们买不到米做饭。

枪炮声，火光，流血，杀人，以及种种残酷的景象。而且我们偶尔也挨近了死的边缘。……

巷战不久就停止了。然而军阀割据的局面却一直继续下去，到现在还没有打破。

三哥已经进了中学，但是父亲一死，我进中学的希望便断绝了。祖父从来不赞成送子弟进学校读书。现在又没有人出来替我讲话。

我便开始跟着香表哥念英文。每天晚上他到我们家里来教我，并不要报酬。这样继续了三年。他还帮助我学到一点其他的知识。祖父死后我和三哥进了外国语专门学校，我就没有时间跟着香表哥念书。他后来结了婚，离开了成都，到乐山教书去了。

香表哥是一个真挚而又聪明的青年。当时像他那样有学识的年轻人，在我们亲戚中间已经是很难得的了。然而家庭束缚了他，使他至今还在生活的负担下面不断地发出绝望的呻吟，白白地浪费了他的有为的青春。

但是提起他，我却不能不充满了感激。我的智力的最初发展是得到两个人的帮助的，其中的一个就是他。还有一个是大哥，大哥买了不少的新书报，使我能够贪婪地读完了它们。而且我和三哥一块儿离开成都到上海，以及后来我一个人到法国去念书，都少不了他的帮助。虽然为着去法国的事情我跟他起过争执，但是他终于顺从了我的意思。

在我的心里永远藏着对于这两个人的感激。我本来是一个愚蠢的、孤僻的孩子。要是没有他们的帮助，也许我至今还是一个愚蠢的、孤僻的人罢。

父亲的死使我懂得了更多的事情。我的眼睛好像突然睁开了，我更看清楚了我们这个富裕大家庭的面目。

这个富裕的大家庭变成了一个专制的大王国。在和平的、友爱的表面下我看见了仇恨的倾轧和斗争；同时在我的渴望自由发展的青年的精神上，"压迫"像沉重的石块重重地压着。

我的身子给绑得太紧了，不能够动弹。我也不能够摔掉肩上的重压。我把全部的时间用来读书。书本却蚕食了我的健康。

我一天一天地瘦下去。父亲死后的一年中间我每隔十几天就要病倒一次，而且整个冬天一直在吞丸药。

第二年秋天我进了青年会的英文补习学校。祖父知道了这件事情，也不干涉，因为他听说学会英文可以考进邮局工作，他又知道邮局的薪金相当高，薪水是现金，而且逐年增加，位置又稳固，不会因政变或其他的人事变动而失业。我的一位舅父当时是邮局的一个高级职员，亲友们都羡慕他的这个"好位置"。

我在青年会上了一个月的课就生了三次病。祖父知道了便要我在家里静养。不过他同意请香表哥到我们家里来正式教我念英文，还吩咐按月送束脩给香表哥。其实所谓束脩的数目也很小，不是一元，便是两元。

自从父亲死后，祖父对我的态度也渐渐地改变。他开始关心我而且很爱我。后来他听见人说牛奶很"养人"，便出钱给我订了一份牛奶。他还时常把我叫到他的房里去，对我亲切地谈一些做人处世的话。甚至在他临死前发狂的一个月中间他也常常叫人把我找去。我站在他的床前，望着他。他的又黑又瘦的老脸上露出微笑，眼里却淌了泪水。

以前在我们祖孙两个中间并没有什么感情。我不曾爱过祖父，我只是害怕他；而且有时候我还把他当作专制、压迫的代表，我的确憎恨过他。

但是在他最后的半年里不知道怎样，他的态度完全改变了，我对他也开始发生了感情。

然而时间是这么短！在这一年的最后一天(旧历)，我就失掉了他。

新年中别的家庭里充满了喜悦，爆竹声挨门挨户地响起来。然而在众人的欢乐中，我们一家人却匍匐在灵前哀哀地哭着死去的祖父。

这悲哀一半是虚假的，因为在祖父死后一个多星期的光景，叔父们就在他的房间里开会处分了他的东西，而且后来他们还在他的灵前发生过争吵。

可惜祖父没有知觉了，不然他对于所谓"五世同堂"的好梦也会感到幻灭罢，我想他的病中的发狂决不是没有原因的。

祖父是一个能干的人。他在曾祖死后，做了多年的官，后来"告归林下"。他买了不少的田产，修了漂亮的公馆，收藏了好些古玩字画。他结过两次婚，讨了两个姨太太，生了五儿一女，还见到了重孙(大哥的儿子)。结果他把儿子们造成了彼此不相容的仇敌，在家庭里种下了长期争斗的根源，他自己依旧免不掉发狂地死在孤独里。并没有人真正爱他，也没有人真正了解他。

祖父一死，家庭就变得更黑暗了。新的专制压迫的代表起来代替了祖父，继续拿旧礼教把"表面是弟兄暗中是仇敌"的几房人团结在一起，企图在二十世纪中维持封建时代的生活方式。结果产生了更多的争斗和倾轧，造成了更多的悲剧，而裂痕依旧是一天一天地增加，一直到最后完全崩溃的一天。

祖父像一个旧家庭制度的最后的卫道者那样地消灭了。对于他的死我并没有遗憾。虽然我在悲悼失掉了一个爱我的人，但是同时我也庆幸我获得了自由。从这天起在我们家里再没有一个人可以支配我的行动了。

祖父死后不到半年,在一九二〇年暑假我和三哥就考进了外国语专门学校,从补习班读到预科、本科,在那里接连念了两年半的书。在学校里因为我没法交出中学毕业文凭,后来改成了旁听生,被剥夺了获得毕业文凭的权利。这件事情竟然帮助我打动了继母和大哥的心,使他们同意我抛弃了学业同三哥一路到上海去。

民国十二年(一九二三年)春天在枪林弹雨中保全了性命以后,我和三哥两个就离开了成都的家。大哥把我们送到木船上,他流着眼泪离开了我们。那时候我的悲哀是很大的。但是一想到近几年来我的家庭生活,我对于旧家庭并没有留恋。我离开旧家庭不过像甩掉一个可怕的阴影。但是还有几个我所爱的人在那里呻吟憔悴地等待宰割,我因此不能不感到痛苦。在过去的十几年中间我已经用眼泪埋葬了不少的尸体,那些都是不必要的牺牲者,完全是被陈旧的礼教和两三个人一时的任性杀死的。

一个理想在前面向我招手,我的眼前是一片光明。我怀着大的勇气离开了我住过十七年的成都。

那时候我已经受了新文化运动的洗礼,而且参加了社会运动,创办了新的刊物,并且在刊物上写了下面的两个短句作为我的生活的目标了:

"奋斗就是生活,

人生只有前进。"

写作时间不祥

名师赏析

　　巴金的散文具有写实文学的特征，常采用高超的艺术手法表现真实的生活。本文用抒情的笔调，写自己童年时期的家庭环境，有时代风云和社会动荡的剪影，有社会面貌和家庭场景的速写，还有身边家人和仆从的生动描述，笔墨含情，感人肺腑。

　　文章的主题重在揭露封建家庭的腐朽与没落。在作者的笔下，一个看似和睦的大家庭，在那和平、友爱的表面下，充满着仇恨、倾轧和争斗。祖父去世后，新的专制压迫的代表代替了祖父，这种情况更加严重，造成更多的悲剧。言辞犀利、深刻，但又不乏人情味。比如写祖父，一方面写他把一个大家庭变成了专制的王国，对他"绝无好感"，另一方面又借祖父去世前，对作者的怜爱，写出了老人的慈善。

　　巴金善于描写复杂的环境。文中不但用简练的文笔，生动地刻画了母亲、二姐、外祖母、父亲、祖父等众多亲人的形象，用悲情的文字，写他们的离世，而且还写到身边的仆人、轿夫，写自己看到他们怎样怀着原始的正义的信仰过那种受苦的生活，怎样跟贫苦挣扎而屈服、而死亡，使文章具有更加广阔的社会背景，成为那个时代的一面镜子。

　　这篇文章在思想性和艺术性方面都取得了很高的成就。

我的幼年

窗外落着大雨，屋檐上的水槽早坏了，这些时候都不曾修理过，雨水就沿着窗户从缝隙浸入屋里，又从窗台流到了地板上。

我的书桌的一端正靠在窗台下面，一部分的雨水就滴在书桌上，把堆在那一角的书、信和稿件全打湿了。

我已经躺在床上，听见滴水的声音才慌忙地爬起来，扭燃电灯。啊，地板上积了那么一大摊水！我一个人吃力地把书桌移开，使它离窗台远一些。我又搬开了那些水湿的书籍，这时候我无意间发现了你的信。

你那整齐的字迹和信封上的香港邮票吸引了我的眼光，我拿起信封抽出了那四张西式信笺。我才记起四个月以前我在怎样的心情下面收到你的来信。我那时没有写什么话，就把你的信放在书堆里，以后也就忘记了它。直到今天，在这样的一个雨夜，你的信又突然在我的眼前出现了。朋友，你想这时候我还能够把它放在一边、自己安静地躺回到床上闭着眼睛睡觉吗？

"为了这书，我曾在黑暗中走了九英里的路，而且还经过三个冷僻荒凉的墓场。那是在去年九月二十三夜，我去香港，无意中见到这书，便把袋中仅有的钱拿来买了。这钱我原本打算留来坐 Bus 回鸭巴甸的。"

在你的信里我读到这样的话。它们在四个月以前曾经感动了我。就在今天我第二次读到它们，我还仿佛跟着你在黑暗中走路，走过那些荒凉的墓场。你得把我看作你的一个同伴，因为我是一个和你一样的人，而且我也有过和这类似的经验。这样的经验我确实有的太多了。从你的话里我看到了一个时期的我的面影。年光在我的面前倒流过去，你的话使我又落在一些回忆里面了。

你说，你希望能够更深切地了解我。你奇怪是什么东西把我养育大的？朋友，这并不是什么可惊奇的事，因为我一生过的是"极平凡的生活"。我说过，我生在一个古老的家庭里，有将近二十个的长辈，有三十个以上的兄弟姊妹，有四五十个男女仆人，但这样简单的话是不够的。我说过我从小就爱和仆人在一起，我是在仆人中间长大的。但这样简单的话也还是不够的。我写出了一部分的回忆，但我同时也埋葬了另一部分的回忆。我应该写出的还有许多许多的事情。

是什么东西把我养育大的？我常常拿这个问题问我自己。当我这样问的时候，最先在我的脑子里浮动的就是一个"爱"字。父母的爱，骨肉的爱，人间的爱，家庭生活的温暖，我的确是一个被人爱着的孩子。在那时候一所公馆便是我的世界，我的天堂。我爱一切的生物，我讨好所有的人。我愿意揩干每张脸上的眼泪，我希望看见幸福的微笑挂在每个人的嘴边。

然而死在我的面前走过了。我的母亲闭着眼睛让人家把她封在棺材里。从此我的生活里缺少了一样东西。父亲的房间突然变得空阔了。我常常在几间屋子里跑进跑出，唤着"妈"这个亲爱的字。我的声音白白地被寂寞吞食了，墙壁上母亲的照片也不看我一眼。死第一次在我的心上投下了阴影。我开始似懂非懂地了解恐怖和悲痛的意义了。

我渐渐地变成了一个爱思想的孩子。但是孩子的心究竟容易忘记，我不会整天垂泪。我依旧带笑带吵地过日子。孩子的心就像一只羽毛刚刚长成的小鸟，它要飞，飞，只想飞往广阔的天空去。

幼稚的眼睛常常看不清楚。小鸟怀着热烈的希望展翅向天空飞去，但是一下子就碰着铁丝网落了下来。这时我才知道，自己并不是在自由的天空下面，却被人关在一个铁丝笼里。家庭如今换上了一个面目，它就是阻碍我飞翔的囚笼。

然而孩子的心是不怕碰壁的。它不知道绝望，它不知道困难，一次做失败的事情，还要接二连三地重做。铁丝的坚硬并不能够毁灭小鸟的雄心。经过几次的碰壁以后，连安静的孩子也知道反抗了。

同时在狭小的马房里，我躺在那些病弱的轿夫的烟灯旁边，听他们叙述悲痛的经历；或者在寒冷的门房里，傍着黯淡的清油灯光，听衰老的仆人绝望地倾诉他们的胸怀。那些没有希望只是忍受苦刑般地生活着的人的故事，在我的心上投下了第二个阴影。而且我的眼睛还看得见周围的一切。一个抽大烟的仆人周贵偷了祖父的字画被赶出去做了乞丐，每逢过年过节，偷偷地跑来，躲在公馆门前石狮子旁边，等着机会央求一个从前的同事向旧主人讨一点赏钱，后来终于冻馁地死在街头。老仆人袁成在外面烟馆里被警察接连捉去两次，关了几天才放出来。另一个老仆人病死在门房里。我看见他的瘦得像一捆柴的身子躺在大门外石板上，盖着一张破席。一个老轿夫出去在斜对面一个亲戚的家里做看门人，因为别人硬说他偷东西，便在一个冬天的晚上用了一根裤带吊死在大门内。当这一切在我的眼前发生的时候，我含着眼泪，心里起了火一般的反抗的思想。我说我不要做一个少爷，我要做一个站在他们一边，帮助他们的人。

反抗的思想鼓舞着这只不知天高地厚的小鸟用力往上面飞，要冲破那个铁丝网。但铁丝网并不是软弱的翅膀所能够冲破的。碰壁的次数更多了。这其间我失掉了第二个爱我的人——父亲。

我悲痛我的不能补偿的损失。但是我的生活使我没有时间专为个人的损失悲哀了。因为这个富裕的大家庭在我的眼前变成了一个专制的王国。仇恨的倾轧和斗争掀开平静的表面爆发了。势力代替了公道。许多可爱的年轻的生命在虚伪的礼教的囚牢里挣扎，受苦，憔悴，呻吟以至于死亡。然而我站在旁边不能够帮助他们。同时在我的渴望发展的青年的灵魂上，陈旧的观念和长辈的威权像磐石一样沉重地压下来。"憎恨"的苗于是在我的心上发芽生叶了。接着"爱"来的就是这个"恨"字。

年轻的灵魂是不能相信上天和命运的。我开始觉得现在社会制度的不合理了。我常常狂妄地想：我们是不是能够改造它，把一切事情安排得更好一点。但是别人并不了解我。我只有在书本上去找寻朋友。

在这种环境中我的大哥渐渐地现出了疯狂的倾向。我的房间离大厅很近，在静夜，大厅里的任何微弱的声音我也可以听见。大厅里放着五六乘轿子，其中有一乘是大哥的。这些时候大哥常常一个人深夜跑到大厅上，坐到他的轿子里面去，用什么东西打碎轿帘上的玻璃。我因为读书睡得很晚，这类声音我不会错过。我一听见玻璃破碎声，我的心就因为痛苦和愤怒痛起来了。我不能够再把心关在书上，我绝望地拿起笔在纸上涂写一些愤怒的字眼，或者捏紧拳头在桌上搥。

后来我得到了一本小册子，就是克鲁泡特金的《告少年》(这是节译本)。我想不到世界上还有这样的书！这里面全是我想说而没法说得清楚的话。它们是多么明显，多么合理，多么雄辩。而且那种带煽动性的笔调简直要把一个十五岁的孩子的心烧成灰了。我把这本小册子放在床头，每夜都拿出来，读了流泪，流过泪又笑。那本书后面附印着一些警句，里面有这样的一句话："天下第一乐事，无过于雪夜闭门读禁书。"我觉得这是千真万确的。从这时起，我才开始明白什么是正义。这正义把我的爱和恨调和起来。

但是不久，我就不能以"闭门读禁书"为满足了。我需要活动来发散我的热情；需要事实来证实我的理想。我想做点事情，可是我又不知道应该怎样地开头去做。没有人引导我。我反复地翻阅那本小册子，译者的名字是真民，书上又没有出版者的地址，不过给我这本小册子的人告诉我可以写信到上海新青年社去打听。我把新青年社的地址抄了下来，晚上我郑重地摊开信纸，怀着一颗战栗的心和求助的心情，给《新青年》的编者写信。这是我一生写的第一封信，我把我的全心灵都放在这里面，我像一个谦卑的孩子，我恳求他给我指一条路，我等着他来吩咐我怎样献出我个人的一切。

信发出了。我每天不能忍耐地等待着，我等着机会来牺牲自己，来消耗我的活力。但是回信始终没有来。我并不抱怨别人，我想或者是我还不配做这种事情。然而我的心并不曾死掉，我看见上海报纸上载有赠送《夜未央》的广告，便寄了邮票去。在我的记忆还不曾淡去时，书来了，是一个剧本。我形容不出这本书给我的激动。它给我打开了一个新的眼界。我第一次在另一个国家的青年为人民争自由谋幸福的斗争里找到了我的梦景中的英雄，找到了我的终生的事业。

大概在两月以后，我读到一份本地出版的《半月》，在那上面我看见一篇《适社的旨趣和组织大纲》，这是转载的文章。那意见和那组织正是我朝夕所梦想的。我读完了它，我的心跳得很厉害。我无论如何不能够安静下去。两种冲突的思想在我的脑子里争斗了一些时候。到夜深，我听见大哥的脚步声在大厅上响了，我不能自主地取出信纸摊在桌上，一面听着玻璃打碎的声音，一面写着愿意加入"适社"的信给那个《半月》的编辑，要求他做我的介绍人。

这信是第二天发出的，第三天回信就来了。一个姓章的编辑亲自送了回信来，他约我在一个指定的时间到他的家里去谈话。我毫不迟疑地去了。在那里我会见了三四个青年，他们谈话的态度和我家里的人完全不同。他们充满了热情、信仰和牺牲的决心。我把我的胸怀，我的痛苦，我的渴望完全吐露给他们。作为回答，他们给我友情，给我信任，给我勇气。他们把我当作一个知己朋友。从他们的谈话里我知道"适社"是重庆的团体，但是他们也想在这里成立一个类似的组织。他们答应将来让我加入他们的组织，和他们一起工作。我告辞的时候，他们送给我几本"适社"出版的宣传册子，并且写了信介绍我给那边的负责人通信。

　　事情在今天也许不会是这么简单，这个时候人对人也许不会这么轻易地相信，然而在当时一切都是非常自然。这个小小的客厅简直成了我的天堂。在那里的两小时的谈话照彻了我的灵魂。我好像一只被风暴打破的船找到了停泊的港口。我的心情昂扬，我带着幸福的微笑回到家里。就在这天的夜里，我怀着佛教徒朝山进香时的虔诚，给"适社"的负责人写了信。

　　我的生活方式渐渐地改变了，我和那几个青年结了亲密的友谊。我做了那个半月刊的同人，后来也做了编辑。此外我们还组织了一个团体：均社。我自称为"安那其主义者"，就是从那时候开始的。团体成立以后就来了工作。办刊物、通讯、散传单、印书，都是我们所能够做的事情。我们有时候也开秘密会议，时间是夜里，地点总是在僻静的街道，参加会议的人并不多，但大家都是怀着严肃而紧张的心情赴会的。每次我一个人或者和一个朋友故意东弯西拐，在黑暗中走了许多路，听厌了单调的狗叫和树叶飘动声，以后走到作为会议地点的朋友的家，看见那些紧张的亲切的面孔，我们相对微微地一笑，那时候我的心真要从口腔里跳了出来。我感动得几乎不觉到自己的存在了。友情和信仰在这个阴暗的房间里开放了花朵。

　　但这样的会议是不常举行的，一个月也不过召集两三次，会议之后是工作。我们先后办了几种刊物,印了几本小册子。我们抄写了许多地址,亲手把刊物或小册子一一地包卷起来,然后几个人捧着它们到邮局去寄发。五一节来到的时候,我们印了一种传单,派定几个人到各处去散发。那一天天气很好,我挟了一大卷传单,在离我们公馆很远的一带街巷里走来走去,直到把它们散发光了,又在街上闲步一回,知道自己没有被人跟着,才放心地到约定集合的地方去。每个人愉快地叙述各自的经验。这一天我们就像在过节。又有一次我们为了一件事情印了传单攻击当时统治省城的某军阀。这传单应该贴在几条大街的墙壁上。我分得一大卷传单回到家里。晚上我悄悄地叫一个小听差跟我一起到十字街口去。他拿着一碗糨糊。我挟了一卷传单,我们看见墙上有空白的地方就把传单贴上去。没有人干涉我们。有几次我们贴完传单走开了,回头看时,一两个黑影子站在那里读我们刚才贴上去的东西。我相信在夜里他们要一字一字地读完它,并不是容易的事情。

《半月》是一种公开的刊物,社员比较多而复杂。但主持的仍是我们几个人。白天我们中间有的人要上学,有的人要做事,夜晚我们才有空聚在一起。每天晚上我总要走过几条黑暗的街巷到"半月社"去。那是在一个商场的楼上。我们四五个人到了那里就忙着卸下铺板,打扫房间,回答一些读者的信件,办理种种的杂事,等候那些来借阅书报的人,因为我们预备了一批新书报免费借给读者。我们期待着忙碌的生活,宁愿忙得透不过气来。共同的牺牲的渴望把我们大家如此坚牢地系在一起。那时候我们只等着一个机会来交出我们个人的一切,而且相信在这样的牺牲之后,理想的新世界就会跟着明天的太阳一同升起来。这样的幻梦固然带着孩子气,但这是多么美丽的幻梦啊!

我就是这样地开始了我的社会生活的。从那时起,我就把我的幼年深深地埋葬了。……

窗外刮起大风,关住的窗门突然大开了。雨点跟着飘了进来。我面前的信笺上也溅了水。写好的信笺被风吹起,散落在四处。我不能够继续写下去了,虽然我还有许多话没有向你吐露。我想,我不久还有机会给你写信,叙述那些未说到的事情。我不知道我上面的话能不能够帮助你更了解我。但是我应该感谢你,因为你的信给我唤起了这许多可宝贵的回忆。那么就让这风把我的祝福带给你罢。现在我也该躺一会儿了。

1936年8月深夜

名师赏析

家庭和社会是影响人物成长的主要环境,本文以同情的笔调,叙写了一系列影响作者成长的人事,真实地记载了自己少年时期一段刻骨铭心的生命历程。

巴金出身在一个封建贵族家庭,在这个"专制王国"里,随着作者的成长,对家的情感也逐渐由"爱",变成了"恨"。特别是目睹了处于社会底层的一群家奴的悲惨命运之后,开始反思这个社会的罪恶。轿夫奴仆们苦刑般的生活,点燃了他反抗的火焰；叔父们仇恨的倾轧和斗争，使他迫不及待地想挣脱这个罪恶的"牢笼"。通过这种自白式的叙述，介绍了众多的人物和事件，反映了反封建的深刻主题。

最难得的是作者毫不隐讳地写出了时代洪流对自己的影响。《告少年》《夜未央》等一批进步书籍，给了作者一个新的眼界。"适社""均社"的秘密会议，散发传单的革命行动，使他逐步成为一个进步青年，从而走上创造一个新世界的道路。把时代潮流和个人际遇联系起来是本文最突出的特点。

我的老家

日本作家水上勉先生去年九月访问成都后，经上海回国。我在上海寓中接待他，他告诉我他到过我的老家，只看见一株枯树和空荡荡的庭院。他不知道那是什么树。他轻轻地抚摩着粗糙的树皮，想象过去发生过的事情。

水上先生是我的老友，正如他所说，是文学艺术的力量把我们联结在一起的。一九六三年我在东京到他府上拜望，我们愉快地谈了南宗六祖慧能的故事。一九七八年我到北京开会，听说他和井上靖先生在京访问，便去北京饭店探望他们，畅谈了别后的情况。一九八〇年我四访东京，在一个晴朗的春天早晨，我和他在新大谷饭店日本风味的小小庭院里对我的艺术观和文学生活，谈了整整一个上午。那一盒录像带已经在我的书橱里睡了四年，它常常使我想起一位日本作家的友情。

水上先生回国后不多久，日中文化交流协会给我寄来他那篇《寻访巴金故居》。读了他的文章，我仿佛回到了离开二十几年的故乡。他的眼睛替我看见了我所想知道的一切，也包括宽广的大街，整齐的高楼……

还有那株"没有一片叶"的枯树。在我的记忆里枯树是不存在的。过去门房或马房的小天井里并没有树，树可能是我走后人们才种上的,我离家整整六十年了。几个月前我的兄弟出差到成都,抽空去看过"老家",见到了两株大银杏树。他似乎认出了旧日的马房,但是不记得有那么两株银杏。我第二次住院前有人给我女儿送来一本新出版的浙江《富春江画报》,上面选刊了一些四川画家的油画,其中一幅是贺德华同志的《巴金故居》,出现在画面上的正是一株树叶黄落的老树。它不像是水上先生看见的"大腿粗细的枯树",也可能是我兄弟看见的两棵银杏中间的一株。脑子里一点印象也没有,我无法判断。但是我多么想摸一下生长那样大树的泥土!我多么想抚摩水上先生抚摩过的粗糙、皱裂的树干……

在医院听说同水上先生一起访华的佐藤纯子女士又到了上海,我想起那本画报,就让家里的人找出来,请佐藤女士带给水上先生。后来还是从佐藤女士那里收到了水上先生第二篇《寻访故居》文章的剪报。

我跟着水上先生的脚迹回到成都的老家,却看不到熟悉的地方和景物。我想起来了,一九八〇年四月我在京都会见参加旅游团刚从成都回国的池田政雄先生,他给了我一叠他在我的老家拍的照片,这些照片后来在日本的《野草》杂志上发表了。在照片上我看到了一口井,那是真实的东西,而且是池田先生拍摄下来的惟一的真实的"旧址"。我记得它,因为我在小说《秋》里写淑贞跳井时就是跳进这一口井。一九五八年我写了关于《秋》的《创作谈》,我这样说:"只有井是真实的东西。它今天还在原来的地方。前年十二月我到那里去过一趟。我跟那口井分别了三十三年,它还是那个老样子。井边有一棵松树,树上有一根短而粗的枯枝,原是我们家伙夫挑水时,挂带钩扁

145

担的地方。松树像一位忠实的老朋友,今天仍然陪伴着这口老井。"但是在池田先生的照片上只有光秃秃的一口井,松树也不知在什么时候给砍掉了。水上先生没有看到井,不知是人们忘了引他去看,还是井也已经填掉。过去的反正早已过去,旧的时代和它的遗物,就让它们全埋葬在遗忘里吧!

然而我还是要谈谈我的老家。

一九二三年五月我离开老家时,那里没有什么改变:门前台阶下一对大石缸,门口一条包铁皮的木门槛,两头各有一只石狮子,屋檐下一对红纸大灯笼,门墙上一副红底黑字的木对联"国恩家庆,人寿年丰"。我把这一切都写在小说《家》里面。《激流三部曲》中的高公馆就是照我的老家描绘的,连大门上两位"手执大刀,顶天立地的彩色门神"也是我们家原有的。大约在一九二四年我在南京的时候,成都城里修马路,我们家的大门应当朝里退进去若干,门面翻修的结果,石缸、石狮子、木对联等等都没有了。关于新的门面我只看到一张不太清楚的照片,听说大门两旁还有商店,照片上却看不出来。

一九三一年我开始写《激流》,当初并没有大的计划。我想一点写一点,不知不觉地把高公馆写成我们家那个样子,而且是我看惯了的大门翻修以前的我们的家。从大门进去,走出门洞,下了天井;进二门,再过天井,上大厅,弯进拐门;又过内天井,上堂屋,进上房;顺着左边厢房走进过道,经过觉新的房门口,转进里面,一边是花园,一边是仆婢室和厨房,然后是克明的住房,顺着三房住房的窗下,走进一道小门,便是桂堂。竹林就在桂堂后面。这一切全是如实的描写。在小说里只有花园是出于我的编造和想象。我当时用我们那个老公馆做背景，并非有意替它宣传，只是因为自己没有精密计划，要是脑子里不留个模型，说不定写到后面就忘记前面，搞得前后矛盾，读者也莫名其妙。关于我们老家的花园，只有觉新窗外那一段"外门"的景物是真实的，从觉新写字台前望窗外就看得见那口井和井旁的松树。我们的花园并不大，其余的大部分，也就是从"内门"进去的那一部分，我也写在另一部小说《憩园》里了。所以我对最近访问过成都的日本朋友橱口进先生说："您不用在成都寻访我的故居，您把《激流》里的住房同《憩园》里的花园拼在一起，那就是我的老家。"

我离家以后过了十八年，第一次回到成都。一个傍晚，我走到那条熟悉的街，去找寻我幼年时期的脚迹。旧时的伴侣不知道全消失在什么地方。巍峨的门墙无情地立在我的面前。守门的卫兵用怀疑的眼光打量我。大门开了，白色照壁上现出一个圆形图案，图案中嵌着四个绛色篆文大字"长宜子孙"。这照壁还是十八年前的东西，我无法再看到别的什么了。据说这里是当时的保安处长刘兆藜的住宅，门墙上有两个大字"藜阁"。我几次走过"藜阁"门前，想起从前的事情，后来写了一篇散文《爱尔克的灯光》。那是一九四一年年初的事。

一九四二年我回成都治牙，住了三个月光景，不曾到过正通顺街。我想，以后不会再到那里去了。

解放后一九五六年十二月我第三次回成都，听说我的老家正空着没有人住，有一天和李宗林同志闲谈起来，他当时还挂名成都市市长，他问我："你要不要去看看？"我说："看看也好。"过了一天他就坐车到招待所来约我同去正通顺街，我的一个侄女正在我那里聊天，也就一起去了。

还是"藜阁"那样的门面,大门内有彩色玻璃门,"长宜子孙"的照壁不见了。整个花园没有了。二门还在,大厅还在,中门还在,堂屋还在,上房还在,我大哥的住房还在,后面桂堂还在,还有两株桂树和一棵香椿,桂堂后面的竹林仿佛还是我离家时那个样子。然后我又从小门转出来,经过三姐住房的窗下,走出过道,顺着大哥房外的台阶,走到一间装玻璃窗的小屋子。在《激流》中玻璃小屋是不存在的。在我们老家本来没有这样的小屋。我还记得为了大哥结婚,我父亲把我们叫作"签押房"的左边厢房改装成三个房间,其中连接的两间门开在通入里院的过道上,给大哥住;还有一间离拐门很近,房门开向内天井,给三哥和我两个住。到了我离家的前两三年大哥有了儿女,房子不够住,我们家又把中门内台阶上左右两块空地改装成两间有上下方格子玻璃窗的小屋,让我和三哥搬到左边的那间去,右边的一间就让它空着。小屋虽小,冬天还是相当冷,因为向内天井的一面是玻璃窗,对面就是中门的边门,窗有窗缝,门有门缝,还有一面紧靠花园。中门是面对堂屋的一道门,除中间一道正门外,还有左右两道边门。关于中门,小说《家》描写高老太爷做寿的场面中有这样的话:"中门内正对着堂屋的那块地方,以门槛为界,布置了一个精致的戏台……门槛外大厅上用蓝布帷围出了一块地方,做演员们的化装房间。"以后的玻璃小屋就在这"戏台"的左右两边。

我仿佛做了一场大梦。我居然回到了我十几岁时住过的小屋,我还记得深夜我在这里听见大厅上大哥摸索进轿子打碎玻璃,我绝望地拿起笔写一些愤怒的字句,捏紧拳头在桌上擦来擦去,我发誓要向封建制度报仇。好像大哥还在这里向我哭诉什么；好像祖父咳着嗽从右上房穿过堂屋走出来；好像我一位婶娘牵着孩子的手不停地咒骂着走进了上房；好像从什么地方又传来太太的打骂和丫头的哭叫……好像我花了十年时间写成的三本小说在我的眼前活了起来。

李宗林同志让同来的人给我拍摄了一些照片：我站在玻璃小屋的窗前；我从堂屋出来；我在祖父房间的窗下；等等，等等。我同他们谈话，我穿过那些空荡荡的房间，我走过一个一个的天井，我仿佛还听见旧时代的声音，还看见旧时代的影子。天色暗淡起来，我没有在门房里停留，也不曾找到我少年时期常去的马房，我匆匆地离开了这个把梦和真、过去和现实混淆在一起的老家，我想，以后我还会再来。说实话，对这个地方我不能没有留恋，对我来说，它是多么大的一座记忆的坟墓！我要好好地挖开它！

然而太迟了。一九六〇年我第四次回成都，再去正通顺街，连"黎阁"也找不到了。这一次我住的时间长一些，早晨经常散步到那条街，在一个部队文工团的宿舍门前徘徊，据说这就是在我老家的废墟上建造起来的。找不到旧日的脚迹我并不伤感。枯树必须连根挖掉。可是我对封建制度的控诉，我对封建主义流毒的揭露，绝不会跟着旧时代的被埋葬以及老家的被拆毁而消亡。

1984 年 2 月 6 日

名师赏析

  本文是一篇回忆性散文,从日本作家水上先生的访问写起,然后围绕故居写长达六十多年的变迁,包含时代的风云,家庭的兴衰,社会的变革,以及个人的恩怨情怀,俨然是一部反映近代中国社会现实的历史画卷。

  巴金以一贯的温情和真挚,写他对老家风物的记忆,以及由此引发的感伤,写他对往事的追叙和怀念,倾诉老家与自己文学创作的深厚渊源,表达了作者对已故亲人的深切怀念。每处回忆都包含深情,用细腻的笔触,或描摹往日的情景,或倾诉自己的思绪。在作者的笔下,对老家充满复杂的感情,既可亲可爱,又可憎可恨,熔铸了太多的历史记忆和人生感悟。

  文章时间跨度大,历史事件多,涉及的人物又异常的纷繁复杂,但作者巧妙地通过几次人物采访和行程的变化贯串在一起,丝毫没有支离破碎的感觉,体现出高超的布局谋篇艺术。

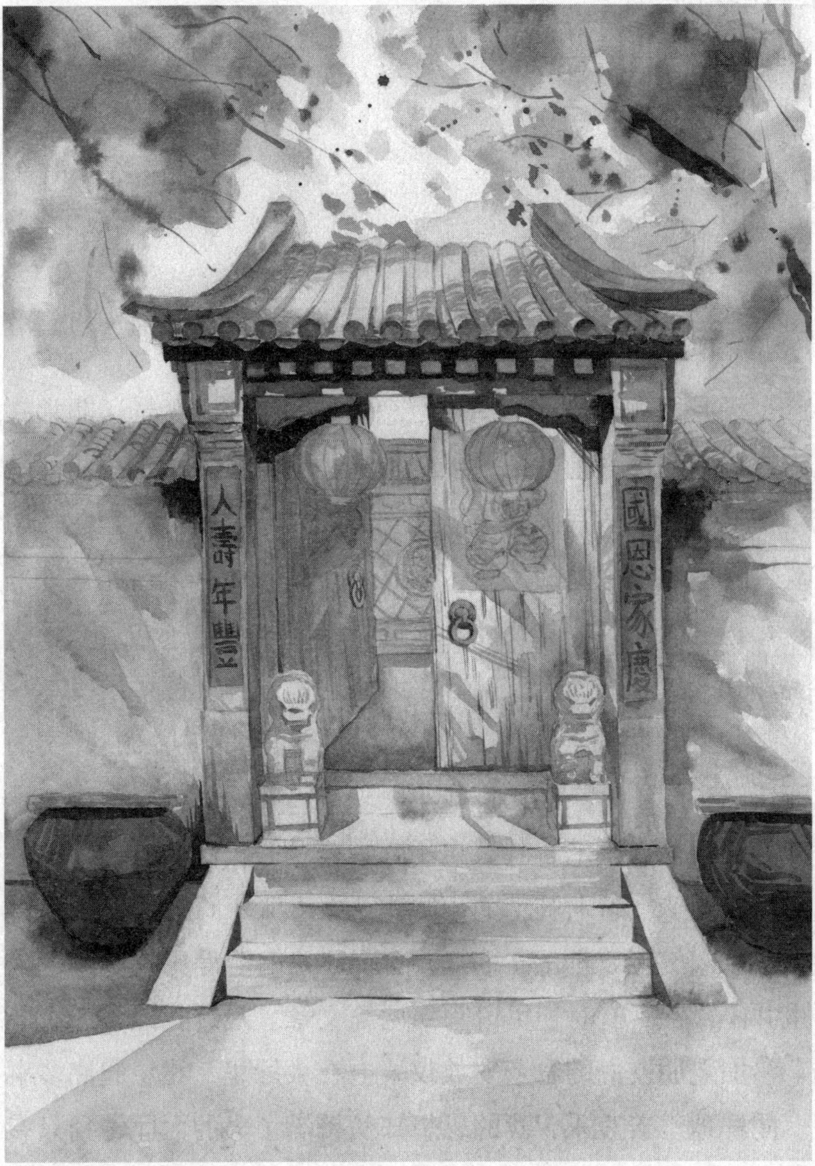
人壽年豐
國恩家慶

怀念萧珊

一

今天是萧珊逝世的六周年纪念日。六年前的光景还非常鲜明地出现在我的眼前。那一天我从火葬场回到家中，一切都是乱糟糟的，过了两三天我渐渐地安静下来了，一个人坐在书桌前，想写一篇纪念她的文章。在五十年前我就有了这样一种习惯：有感情无处倾吐时我经常求助于纸笔。可是一九七二年八月里那几天，我每天坐三四个小时望着面前摊开的稿纸，却写不出一句话。我痛苦地想，难道给关了几年的"牛棚"，真的就变成"牛"了？头上仿佛压了一块大石头，思想好像冻结了一样。我索性放下笔，什么也不写了。

六年过去了。林彪、"四人帮"及其爪牙们的确把我搞得很"狼狈"，但我还是活下来了，而且偏偏活得比较健康，脑子也并不糊涂，有时还可以写一两篇文章。最近我经常去火葬场，参加老朋友们的骨灰安放仪式。在大厅里，我想起许多事情。同样地奏着哀乐，我的思想却从挤满了人的大厅转到只有二三十个人的中厅里去了，我们正在用哭声向萧珊的遗体告别。我记起了《家》里面觉新说过的一句话："好像珏死了，也是一个不祥的鬼。"四十七年前我写这句话的时候,怎么想得到我是在写自己!我没有流眼泪,可是我觉得有无数锋利的指甲在搔我的心。我站在死者遗体旁边,望着那张惨白色的脸,那两片咽下千言万语的嘴唇,我咬紧牙齿,在心里唤着死者的名字。我想,我比她大十三岁,为什么不让我先死?我想,这是多么不公平!她究竟犯了什么罪?她也给关进"牛棚",挂上"牛鬼蛇神"的小纸牌,还扫过马路。究竟为什么?理由很简单,她是我的妻子。她患了病,得不到治疗,也因为她是我的妻子。想尽办法一直到逝世前三个星期,靠开后门她才住进医院。但是癌细胞已经扩散,肠癌变成了肝癌。

她不想死,她要活,她愿意改造思想,她愿意看到社会主义建成。这个愿望总不能说是痴心妄想吧。她本来可以活下去,倘使她不是"黑老K"的"臭婆娘"。一句话,是我连累了她,是我害了她。

在我靠边的几年中间,我所受到的精神折磨她也同样受到。但是我并未挨过打,她却挨了"北京来的红卫兵"的铜头皮带,留在她左眼上的黑圈好几天以后才褪尽。她挨打只是为了保护我,她看见那些年轻人深夜闯进来,害怕他们把我揪走,便溜出大门,到对面派出所去,请民警同志出来干预。那里只有一个人值班,不敢管。当着民警的面,她被他们用铜头皮带狠狠抽了一下,给押了回来,同我一起关在马桶间里。

她不仅分担了我的痛苦,还给了我不少的安慰和鼓励。在"四害"横行的时候,我在原单位(中国作家协会上海分会)给人当作"罪人"和"贱民"看待,日子十分难过,有时到晚上九十点钟才能回家。我进了门看到她的面容,满脑子的乌云都消散了。我有什么委屈、牢骚，都可以向她尽情倾吐。有一个时期我和她每晚临睡前要服两粒眠尔通才能够闭眼，可是天刚刚发白就都醒了。我唤她，她也唤我。我诉苦般地说："日子难过啊！"她也用同样的声音回答："日子难过啊！"但是她马上加一句："要坚持下去。"或者再加一句："坚持就是胜利。"我说"日子难过"，因为在那一段时间里，我每天在"牛棚"里面劳动、学习、写交代、写检查、写思想汇报。任何人都可以责骂我、教训我、指挥我。从外地到"作协分会"来串联的人可以随意点名叫我出去"示众"，还要自报罪行。上下班不限时间，由管理"牛棚"的"监督组"随意决定。任何人都可以闯进我家里来，高兴拿什么就拿走什么。这个时候大规模的群众性批斗和电视批斗大会还没有开始，但已经越来越逼近了。

她说"日子难过"，因为她给两次揪到机关，靠边劳动，后来也常常参加陪斗。在淮海中路"大批判专栏"上张贴着批判我的罪行的大字报，我一家人的名字都给写出来"示众"，不用说"臭婆娘"的大名占着显著的地位。这些文字像虫子一样咬痛她的心。她让上海戏剧学院"狂妄派"学生突然袭击、揪到"作协分会"去的时候，在我家大门上还贴了一张揭露她的所谓罪行的大字报。幸好当天夜里我儿子把它撕毁。否则这一张大字报就会要了她的命！

人们的白眼，人们的冷嘲热骂蚕食着她的身心。我看出来她的健康逐渐遭到损害。表面上的平静是虚假的。内心的痛苦像一锅煮沸的水，她怎么能遮盖住！怎么能使它平静！她不断地给我安慰，对我表示信任，替我感到不平。然而她看到我的问题一天天地变得严重，上面对我的压力一天天地增加，她又非常担心。有时同我一起上班或者下班,走近巨鹿路口,快到"作协分会",或者走近湖南路口,快到我们家,她总是抬不起头。我理解她,同情她,也非常担心她经受不起沉重的打击。我记得有一天到了平常下班的时间,我们没有受到留难,回到家里她比较高兴,到厨房去烧菜。我翻看当天的报纸,在第三版上看到当时做了"作协分会"的"头头"的两个工人作家写的文章《彻底揭露巴金的反革命真面目》。真是当头一棒!我看了两三行,连忙把报纸藏起来,我害怕让她看见。她端着烧好的菜出来,脸上还带笑容,吃饭时她有说有笑。饭后她要看报,我企图把她的注意力引到别处。但是没有用,她找到了报纸。她的笑容一下子完全消失。这一夜她再没有讲话,早早地进了房间。我后来发现她躺在床上小声哭着。一个安静的夜晚给破坏了。今天回想当时的情景,她那张满是泪痕的脸还在我的眼前。我多么愿意让她的泪痕消失,笑容在她那憔悴的脸上重现,即使减少我几年的生命来换取我们家庭生活中一个宁静的夜晚,我也心甘情愿!

我听周信芳同志的媳妇说,周的夫人在逝世前经常被打手们拉出去当作皮球推来推去,打得遍体鳞伤。有人劝她躲开,她说:"我躲开,他们就要这样对付周先生了。"萧珊并未受到这种新式体罚,可是她在精神上给别人当皮球打来打去。她也有这样的想法:她多受一点精神折磨,可以减轻对我的压力。其实这是她的一片痴心,结果只苦了她自己。我看见她一天天地憔悴下去,我看见她的生命之火逐渐熄灭,我多么痛心。我劝她,安慰她,我想拉住她,但一点也没有用。

她常常问我:"你的问题什么时候才解决呢?"我苦笑地

说:"总有一天会解决的。"她叹口气说:"我恐怕等不到那个时候了。"后来她病倒了,有人劝她打电话找我回家,她不知从哪里得来的消息,她说:"他在写检查,不要打岔他。他的问题大概可以解决了。"等到我从五七干校回家休假,她已经不能起床。她还问我检查写得怎样,问题是否可以解决。我当时的确在写检查,而且已经写了好几次了。他们要我写,只是为了消耗我的生命。但她怎么能理解呢?

这时离她逝世不过两个多月,癌细胞已经扩散,可是我们不知道,想找医生给她认真检查一次,也毫无办法。平日去医院挂号看门诊,等了许久才见到医生或者实习医生,随便给开个药方就算解决问题。只有在发烧到摄氏三十九度才有资格挂急诊号,或者还可以在病人拥挤的观察室里待上一天半天。当时去医院看病找交通工具也很困难,常常是我女婿借了自行车来,让她坐在车上,他慢慢地推着走。有一次她雇到小三轮卡去看病,看好门诊回家雇不到车了,只好同陪她看病的朋友一起慢慢地走回来,走走停停,走到街口,她快要倒下了,只得请求行人到我们家通知。她一个表侄正好来探病,就由他去把她背了回家。她希望拍一张X光片子查一查肠子有什么病,但是办不到。后来靠了她一位亲戚帮忙开后门两次拍片,才查出她患肠癌。以后又靠朋友设法开后门住进了医院。她自己还很高兴,以为得救了。只有她一个人不知真实的病情,她在医院里只活了三个星期。

我休假回家假期满了,我又请过两次假,留在家里照料病人。最多也不到一个月。我看见她病情日趋严重,实在不愿意把她丢开不管,我要求延长假期的时候,我们那个单位的一个

"工宣队"头头逼着我第二天就回干校去。我回到家里，她问起来，我无法隐瞒。她叹了一口气，说："你放心去吧。"她把脸掉过去，不让我看她。我女儿、女婿看到这种情景，自告奋勇跑到巨鹿路向那位"工宣队"头头解释，希望同意我在市区多留些日子照料病人。可是那个头头"执法如山"，还说：他不是医生，留在家里，有什么用！"留在家里对他改造不利！"他们气愤地回到家中，只说机关不同意，后来才对我传达了这句"名言"。我还能讲什么呢？明天回干校去！

整个晚上她睡不好，我更睡不好。出乎意外，第二天一早我那个插队落户的儿子在我们房间里出现了，他是昨天半夜里到的。他得到了家信，请假回家看母亲，却没有想到母亲病成这样。我见了他一面，把他母亲交给他，就回干校去了。

在车上我的情绪很不好。我实在想不通为什么会有这样的事情。我在干校待了五天，无法同家里通消息。我已经猜到她的病不轻了。可是人们不让我过问她的事情。这五天是多么难熬的日子！到第五天晚上在干校的造反派头头通知我们全体第二天一早回市区开会。这样我才又回到了家，见到我的爱人。靠了朋友帮忙，她可以住进中山医院肝癌病房，一切都准备好，她第二天就要住院了。她多么希望住院前见我一面，我终于回来了。连我也没有想到她的病情发展得这么快。我们见了面，我一句话也讲不出来。她说了一句："我到底住院了。"我答说："你安心治疗吧。"她父亲也来看她，老人家双目失明，去医院探病有困难，可能是来同他的女儿告别了。

我吃过中饭，就去参加给别人戴上"反革命"帽子的大会，受批判、戴帽子的人不止一个，其中有一个我的熟人王若望同志，他过去也是作家，不过比我年轻。我们一起在"牛棚"里关过一个时期，他的罪名是"摘帽右派"。他不服，不听话，他贴出大字报，声明"自己解放自己"，因此罪名越搞越大，给捉去关了一个时期不算，还戴上了"反革命"的帽子监督劳动。在会场里我一直像在做怪梦。开完会回家，见到萧珊我感到格外亲切，仿佛重回人间。可是她不舒服，不想讲话，偶尔讲一句半句。我还记得她讲了两次："我看不到了。"我连声问她看不到什么，她后来才说："看不到你解放了。"我还能再讲什么呢？

我儿子在旁边，垂头丧气，精神不好，晚饭只吃了半碗，像是患感冒。她忽然指着他小声说："他怎么办呢？"他当时在安徽山区农村已经待了三年半，政治上没有人管，生活上不能养活自己，而且因为是我的儿子，给剥夺了好些公民权利。他先学会沉默，后来又学会抽烟。我怀着内疚的心情看看他。我后悔当初不该写小说，更不该生儿育女。我还记得前两年在痛苦难熬的时候她对我说："孩子们说爸爸做了坏事，害了我们大家。"这好像用刀子在割我身上的肉。我没有出声，我把泪水全吞在肚里。她睡了一觉醒过来忽然问我："你明天不去了？"我说："不去了。"就是那个"工宣队"头头今天通知我不用再去干校就留在市区。他还问我："你知道萧珊是什么病？"我答说："知道。"其实家里瞒住我，不给我知道真相，我还是从他这句问话里猜到的。

二

第二天早晨她动身去医院，一个朋友和我女儿、女婿陪她去。她穿好衣服等候车来。她显得急躁，又有些留恋，东张张、西望望，她也许在想是不是能再看到这里的一切。我送走她，心上反而加了一块大石头。

将近二十天里，我每天去医院陪伴她大半天。我照料她，我坐在病床前守着她，同她短短地谈几句话。她的病情恶化，一天天衰弱下去，肚子却一天天大起来，行动越来越不方便。当时病房里没有人照料，生活方面除饮食外一切都必须自理。后来听同病房的人称赞她"坚强"，说她每天早晚都默默地挣扎着下了床，走到厕所。医生对我们谈起，病人的身体经不住手术，最怕的是她的肠子堵塞，要是不堵塞，还可以拖延一个时期。她住院后的半个月是一九六六年八月以来我既感痛苦又感到幸福的一段时间，是我和她在一起度过的最后的平静的时刻，我今天还不能将它忘记。但是半个月以后，她的病情又有了发展，一天吃中饭的时候，医生通知我儿子找我去谈话。他告诉我：病人的肠子给堵住了，必须开刀。开刀不一定有把握，也许中途出毛病。但是不开刀，后果更不堪设想。他要我决定，并且要我劝她同意。我做了决定，就去病房对她解释。我讲完话，她只说了一句："看来，我们要分别了。"她望着我，眼睛里全是泪水。我说："不会的……"我的声音哑了。接着护士长来安慰她，对她说："我陪你，不要紧的。"她回答："你陪我就好。"时间很紧迫，医生、护士们很快作好了准备，她给送进手术室去了，是她的表侄把她推到手术室门口的。我们就在外面走廊上等了好几个小时，等到她平安地给送出来，由儿子把她推回到病房去。儿子还在她的身边守过一个夜晚。过两天他也病倒了，查出来他患肝炎，是从安徽农村带回来的。本来我们想瞒住他的母亲，可是无意间让他母亲知道了。她不断地问："儿子怎么样？"我自己也不知道儿子怎么样，我怎么能使她放心呢？晚上回到家，走进空空的、静静的房间，我几乎要叫出声来："一切都朝我的头打下来吧，让所有的灾祸都来吧。我受得住！"

我应当感谢那位热心而又善良的护士长，她同情我的处境，要我把儿子的事情完全交给她办。她做好安排，陪他看病、检查，让他很快住进别处的隔离病房，得到及时的治疗和护理。他在隔离病房里苦苦地等候母亲病情的好转。母亲躺在病床上，只能有气无力地说几句短短的话，她经常问："棠棠怎么样？"从她那双含泪的眼睛里我明白她多么想看见她最爱的儿子。但是她已经没有精力多想了。

她每天给输血，打盐水针。她看见我去就断断续续地问我："输多少西西的血？该怎么办？"我安慰她："你只管放心。没有问题，治病要紧。"她不止一次地说："你辛苦了。"我有什么苦呢？我能够为我最亲爱的人做事情，哪怕做一件小事，我也高兴！后来她的身体更不行了。医生给她输氧气，鼻子里整天插着管子。她几次要求拿开，这说明她感到难受，但是听了我们的劝告，她终于忍受下去了。开刀以后她只活了五天。谁也想不到她会去得这么快！五天中间我整天守在病床前，默默地望着她在受苦（我是设身处地感觉到这样的），可是她除了两三次要求搬开床前巨大的氧气筒，三四次表示担心输血较多付不出医药费之外，并没有抱怨过什么。见到熟人她常有这样一种表情：请原谅我麻烦了你们。她非常安静，但并未昏睡，始终睁大两只眼睛。眼睛很大，很美，很亮。我望着，望着，好像在望快要燃尽的烛火。我多么想让这对眼睛永远亮下去！我多么害怕她离开我！我甚至愿意为我那十四卷"邪书"受到千刀万剐，只求她能安静地活下去。

不久前我重读梅林写的《马克思传》，书中引用了马克思给女儿的信里的一段话，讲到马克思夫人的死。信上说："她很快就咽了气。……这个病具有一种逐渐虚脱的性质，就像由于衰老所致一样。甚至在最后几小时也没有临终的挣扎，而是慢慢地沉入睡乡。她的眼睛比任何时候都更大、更美、更亮！"这段话我记得很清楚。马克思夫人也死于癌症。我默默地望着萧珊那对很大、很美、很亮的眼睛，我想起这段话，稍微得到一点安慰。听说她的确也"没有临终的挣扎"，也是"慢慢地沉入睡乡"。我这样说，因为她离开这个世界的时候，我不在她的身边。那天是星期天，卫生防疫站因为我们家发现了肝炎病人，派人上午来做消毒工作。她的表妹有空愿意到医院去照料她，讲好我们吃过中饭就去接替。没有想到我们刚刚端起饭碗，就得到传呼电话，通知我女儿去医院，说是她妈妈"不行"了。真是晴天霹雳！我和我女儿、女婿赶到医院。她那张病床上连床垫也给拿走了。别人告诉我她在太平间。我们又下了楼赶到那里，在门口遇见表妹。还是她找人帮忙把"咽了气"的病人抬进来的。死者还不曾给放进铁匣子里送进冷库，她躺在担架上，但已经给白布床单包得紧紧的，看不到面容了。我只看到她的名字。我弯下身子，把地上那个还有点人形的白布包拍了好几下，一面哭着唤她的名字。不过几分钟的时间。这算是什么告别呢？

据表妹说，她逝世的时刻，表妹也不知道。她曾经对表妹说:"找医生来。"医生来过,并没有什么。后来她就渐渐地"沉入睡乡"。表妹还以为她在睡眠。一个护士来打针,才发觉她的心脏已经停止跳动了。我没有能同她诀别,我有许多话没有能向她倾吐,她不能没有留下一句遗言就离开我!我后来常常想,她对表妹说:"找医生来。"很可能不是"找医生",是"找李先生"(她平日这样称呼我)。为什么那天上午偏偏我不在病房呢?家里人都不在她身边,她死得这样凄凉!

我女婿马上打电话给我们仅有的几个亲戚。她的弟媳赶到医院,马上晕了过去。三天以后在龙华火葬场举行告别仪式。她的朋友一个也没有来,因为一则我们没有通知,二则我是一个审查了将近七年的对象。没有悼词,没有吊客,只有一片伤心的哭声。我衷心感谢前来参加仪式的少数亲友和特地来帮忙的我女儿的两三个同学,最后,我跟她的遗体告别,女儿望着遗容哀哭,儿子在隔离病房还不知道把他当作命根子的妈妈已经死亡。值得提说的是她当作自己儿子照顾了好些年的一位亡友的男孩从北京赶来,只为了见她的最后一面。这个整天同钢铁打交道的技术员,他的心倒不像钢铁那样。他得到电报以后,他爱人对他说:"你去吧,你不去一趟,你的心永远安定不了。"我在变了形的她的遗体旁边站了一会。别人给我和她照了像。我痛苦地想:这是最后一次了,即使给我们留下来很难看的形象,我也要珍视这个镜头。

一切都结束了。过了几天,我和女儿、女婿到火葬场,领到了她的骨灰盒。在存放室寄存了三年之后,我按期把骨灰盒接回家里。有人劝我把她的骨灰安葬,我宁愿让骨灰盒放在我的寝室里,我感到她仍然和我在一起。

三

　　梦魇一般的日子终于过去了。六年仿佛一瞬间似的远远地落在后面了。其实哪里是一瞬间！这段时间里有多少流着血和泪的日子啊。不仅是六年，从我开始写这篇短文到现在又过去了半年，半年中我经常在火葬场的大厅里默哀，行礼，为了纪念给"四人帮"迫害致死的朋友。想到他们不能把个人的智慧和才华献给社会主义祖国，我万分惋惜。每次戴上黑纱、插上纸花的同时，我也想起我自己最亲爱的朋友，一个普通的文艺爱好者，一个成绩不大的翻译工作者，一个心地善良的人。她是我的生命的一部分，她的骨灰里有我的泪和血。

　　她是我的一个读者。一九三六年我在上海第一次同她见面。一九三八年和一九四一年我们两次在桂林像朋友似的住在一起。一九四四年我们在贵阳结婚。我认识她的时候，她还不到二十，对她的成长我应当负很大的责任。她读了我的小说，给我写信，后来见到了我，对我发生了感情。她在中学念书，看见我以前，因为参加学生运动被学校开除，回到家乡住了一个短时期，又出来进另一所学校。倘使不是为了我，她三七、三八年一定去了延安。她同我谈了八年的恋爱，后来到贵阳旅行结婚，只印发了一个通知，没有摆过一桌酒席。从贵阳我和她先后到了重庆，住在民国路文化生活出版社门市部楼梯下七八个平方米的小屋里。她托人买了四只玻璃杯开始组织我们的小家庭。她陪着我经历了各种艰苦生活。在抗日战争紧张的时期，我们一起在日军进城以前十多个小时逃离广州，我们从

163

广东到广西,从昆明到桂林,从金华到温州,我们分散了,又重见,相见后又别离。在我那两册《旅途通讯》中就有一部分这种生活的记录。四十年前有一位朋友批评我:"这算什么文章!"我的《文集》出版后,另一位朋友认为我不应当把它们也收进去。他们都有道理。两年来我对朋友、对读者讲过不止一次,我决定不让《文集》重版。但是为我自己,我要经常翻看那两小册《通讯》。在那些年代,每当我落在困苦的境地里、朋友们各奔前程的时候,她总是亲切地在我的耳边说:"不要难过,我不会离开你,我在你的身边。"的确,只有在她最后一次进手术室之前她才说过这样一句:"我们要分别了。"

  我同她一起生活了三十多年。但是我并没有好好地帮助过她。她比我有才华,却缺乏刻苦钻研的精神。我很喜欢她翻译的普希金和屠格涅夫的小说。虽然译文、并不恰当,也不是普希金和屠格涅夫的风格,它们却是有创造性的文学作品,阅读它们对我是一种享受。她想改变自己的生活,不愿做家庭妇女,却又缺少吃苦耐劳的勇气。她听一个朋友的劝告,得到后来也是给"四人帮"迫害致死的叶以群同志的同意,到《上海文学》"义务劳动",也做了一点点工作,然而在运动中却受到批判,说她专门向老作家组稿,又说她是我派去的"坐探"。她为了改造思想,想走捷径,要求参加"四清"运动,找人推荐到某铜厂的工作组工作,工作相当忙碌、紧张,她却精神愉快。但是到我快要靠边的时候,她也被叫回"作协分会"参加运动。她第一次参加这种疾风暴雨般的斗争,而且是以"反动权威"家属的身份参加,她不知道该怎么办才好。她张皇失措,坐立不安,替我担心,又为儿女的前途忧虑。她盼望什么人向她伸出援助的手，可是朋友们离开了她，"同事们"拿她当作箭靶，还有人想通过整她来整我。她不是"作协分会"或者刊物的正式工作人员，可是仍然被"勒令"靠边劳动、站队挂牌，放回家以后，又给揪到机关。过一个时期，她写了认罪的检查，第二次给放回家的时候，我们机关的造反派头头却通知里弄委员会罚她扫街。她怕人看见，每天大清早起来，拿着扫帚出门，扫得精疲力尽，才回到家里，关上大门，吐了一口气。但有时她还碰到上学去的小孩，对她叫骂"巴金的臭婆娘"。我偶尔看见她拿着扫帚回来，不敢正眼看她，我感到负罪的心情，这是对她的一个致命的打击。不到两个月，她病倒了，以后就没有再出去扫街(我妹妹继续扫了一个时期)，但是也没有完全恢复健康。尽管她还继续拖了四年，但一直到死她并不曾看到我恢复自由。这就是她的最后，然而绝不是她的结局。她的结局将和我的结局连在一起。

我绝不悲观。我要争取多活。我要为我们社会主义祖国工作到生命的最后一息。在我丧失工作能力的时候，我希望病榻上有萧珊翻译的那几本小说。等到我永远闭上眼睛，就让我的骨灰同她的搀和在一起。

1979 年 1 月 16 日写完

名师赏析

　　文学可以沟通心灵，为生死两个世界的亲人搭起一座精神的桥梁，本文正是如此。一篇怀念亡妻的散文，倾注着巴金对萧珊所有的思念、自责和愧疚。

　　萧珊在"文革"中陪巴金走过一生最艰难的岁月，因为丈夫的原因，自己成了"黑老K"的"臭婆娘"，不但要面对人们的白眼、嘲讽，而且还无端地遭到关押。身体和心灵受到双重的迫害，病情日趋严重。又因为是巴金夫人，得不到有效的治疗，最后含悲离世。最可贵的是，在这种糟糕的日子里，萧珊仍然保持对生活的信心，给作者精神巨大的鼓励。文章以优美的抒情笔调，写他们的相识、相知、相爱、相伴和死别，表达了希望摆脱人生厄运的深切愿望。

　　整篇文章，作者都在叙述自己和萧珊曾经的岁月和萧珊离开之后的情形，

　　通过大量的细节描写展示人物的内心世界，再现苦难的历史场景。语言质朴，毫无修饰，却饱含深情，充满挚爱！

再访巴黎

一个半月没有记下我的"随想",只是因为我参加中国作家代表团到法国去访问了将近三个星期。在巴黎我遇见不少人,他们要我谈印象,谈观感。时间太短了,走马看花,匆匆一瞥,实在谈不出什么。朋友们说,你五十多年前在巴黎住过几个月,拿过去同现在比较,你觉得变化大不大。我不好推脱,便信口回答:"巴黎比以前更大了,更繁华了,更美丽了。"这种说法当然"不够全面"。不过我的确喜欢巴黎的那些名胜古迹,那些出色的塑像和纪念碑。它们似乎都保存了下来。偏偏五十多年前有一个时期我朝夕瞻仰的卢骚的铜像不见了,现在换上了另一座石像。是同样的卢骚,但在我眼前像座上的并不是我所熟悉的那个拿着书和草帽的"日内瓦公民",而是一位书不离手的哲人,他给包围在数不清的汽车的中间。这里成了停车场,我通过并排停放的汽车的空隙,走到像前。我想起五十二年前,多少个下着小雨的黄昏,我站在这里,向"梦想消灭压迫和不平等"的作家,倾吐我这样一个外国青年的寂寞痛苦。我从《忏悔录》的作者这里得到了安慰,学到了说真话。五十年中间我常常记起他,谈论他,现在我来到像前,表达我的谢意。可是当时我见惯的铜像已经给德国纳粹党徒毁掉了,石像还是战后由法国人民重新塑立的。法国朋友在等候我,我也不能像五十二年前那样伫立了。先贤祠前面的景象变了,巴黎变了,我也变了。我来到这里,不再感到寂寞、痛苦了。

我在像前只立了片刻。难道我就心满意足,再没有追求了吗?不,不!我回到旅馆,大清早人静的时候,我想得很多。我老是在想四十六年前问过自己的那句话:"我的生命要到什么时候才开花?"这个问题使我苦恼,我可以利用的时间就只有五六年了。逝去的每一小时都是追不回来的。在我的脑子里已经成形的作品,不能让它成为泡影,我必须在这一段时间里写出它们。否则我怎样向读者交代?我怎样向下一代人交代?

一连三个大清早我都在想这个问题,结束访问的日期越近,我越是无法摆脱它。在国际笔会法国分会的招待会上我说过,这次来法访问我个人还有一个打算:向法国老师表示感谢,因为爱真理、爱正义、爱祖国、爱人民、爱生活、爱人间美好的事物,这就是我从法国老师那里受到的教育。我在《随想录》第十篇中也说过类似的话。就在我瞻仰卢骚石像的第二天中午,巴黎第三大学中文系师生为我们代表团举行欢迎会,有两位法国同学分别用中国话和法国话朗诵了我的文章,就是《随想录》第十篇里讲到我在巴黎开始写小说的那一大段。法国同学当着我的面朗诵,可能有点紧张,但是他们的态度十分友好,而且每一句话我都听得懂。没有想到在巴黎也有《随想录》的读者!我听着,我十分激动。我明白了,这是对我的警告,也是对我的要求。第一次从法国回来,我写了五十年(不过得扣除被"四人帮"夺去的十年),写了十几部中长篇小说;第二次从法国回来,怎么办?至少也得写上五年……十年,也得写出两三部中长篇小说啊!

在巴黎的最后一个清晨,在罗曼·罗兰和海明威住过的拉丁区巴黎地纳尔旅馆的七层楼上,我打开通阳台的落地窗门,凉凉的空气迎面扑来,我用留恋的眼光看巴黎的天空,时间过得这么快!我就要走了。但是我不会空着手回去。我好像还有无穷无尽的精力。我比在五十年前更有信心。我有这样多的朋友,我有这样多的读者。我拿什么来报答他们?

我想起了四十六年前的一句话:

"就让我做一块木柴吧。我愿意把自己烧得粉身碎骨给人间添一点点温暖。"(见《旅途随笔》)

我一刻也不停止我的笔,它点燃火烧我自己,到了我成为灰烬的时候,我的爱、我的感情也不会在人间消失。

1979年5月22日

名师赏析

故地重游,寻访自己留下的痕迹,写过往的旧事对自己事业的影响。本文记叙作者晚年重游巴黎的一段经历,回忆早年留学法国的一些往事。但文章并非简单的游记,而是重点写自己的感怀。

文章回忆自己五十二年前在日内瓦广场卢骚(卢梭)铜像前向"梦想消灭压迫和不平等"的作家,倾吐一个外国青年的寂寞与痛苦的情形，写自己从《忏悔录》中得到的安慰，学到说真话的本领，直接诱发了作者晚年对《回想录》的创作。又想到四十六年前问过自己的一句话："我的生命要到什么时候才开花？"作者两次去巴黎，两次都激发自己强烈的创作欲望，写出不朽的名篇。作者真诚地感谢巴黎，感谢法国的老师，因为，从那里学到了爱真理、爱正义、爱祖国、爱人民、爱生活、爱人间美好的事物。

全文以游览活动为线索，但大部分篇幅又在写回忆和感怀，写自己对生命价值的认识和理解，具有宏阔、丰赡的思想内涵。

小狗包弟

　　一个多月前,我还在北京,听人讲起一位艺术家的事情,我记得其中一个故事是讲艺术家和狗的。据说艺术家住在一个不太大的城市里,隔壁人家养了小狗,它和艺术家相处很好,艺术家常常用吃的东西款待它。"文革"期间,城里发生了从未见过的武斗,艺术家害怕起来,就逃到别处躲了一段时期。后来他回来了,大概是给人揪回来的,说他"里通外国",是个反革命,批他,斗他。他不承认,就痛打,拳打脚踢,棍棒齐下,不但头破血流,一条腿也给打断了。批斗结束,他走不动,让专政队拖着他游街示众,衣服撕破了,满身是血和泥土,口里发出呻唤。认识的人看见半死不活的他,都掉开头去。忽然一只小狗从人丛中跑出来,非常高兴地朝着他奔去。它亲热地叫着,扑到他跟前,到处闻闻,用舌头舔舔,用脚爪在他的身上抚摸。别人赶它走,用脚踢,拿棒打,都没有用,它一定要留在它的朋友的身边。最后专政队用大棒打断了小狗的后腿,它发出几声哀叫,痛苦地拖着伤残的身子走开了。地上添了血迹,艺术家的破衣上留下几处狗爪印。艺术家给关了几年才放出来,他的第一件事就是买几斤肉去看望那只小狗。邻居告诉他,那天狗给打坏以后,回到家里什么也不吃,哀叫了三天就死了。

听了这个故事,我又想起我曾经养过的那条小狗。是的,我也养过狗。那是一九五九年的事情。当时一位熟人给调到北京工作,要将全家迁去,想把他养的小狗送给我,因为我家里有一块草地,适合养狗的条件。我答应了,我的儿子也很高兴。狗来了,是一条日本种的黄毛小狗,干干净净,而且有一种本领:它有什么要求时就立起身子,把两只前脚并在一起不停地作揖。这本领不是我那位朋友训练出来的。它还有一位瑞典旧主人,关于他我毫无所知。他离开上海回国,把小狗送给接受房屋租赁权的人,小狗就归了我的朋友。小狗来的时候有一个外国名字,它的译音是"斯包弟"。我们简化了这个名字,就叫它做"包弟"。

包弟在我们家待了七年,同我们一家人处得很好。它不咬人,见到陌生人,在大门口吠一阵,我们一声叫唤,它就跑开了。夜晚篱笆外面人行道上常常有人走过,它听见某种声音就会朝着篱笆又跑又叫,叫声的确有点刺耳,但它也只是叫几声就安静了。它在院子里和草地上的时候多些,有时我们在客厅里接待客人或者同老朋友聊天,它会进来作几个揖,讨糖果吃,引起客人发笑。日本朋友对它更感兴趣,有一次大概在一九六三年或者以后的夏天,一家日本通讯社到我家来拍电视片,就拍摄了包弟的镜头。又有一次日本作家由起女士访问上海,来我家做客,对日本产的包弟非常喜欢,她说她在东京家中也养了狗。两年以后,她再到北京参加亚非作家紧急会议,看见我她就问:"您的小狗怎样?"听我说包弟很好,她笑了。

我的爱人萧珊也喜欢包弟。在三年困难时期,我们每次到文化俱乐部吃饭,她总要向服务员讨一点骨头回去喂包弟。一九六二年我们夫妇带着孩子在广州过了春节,回到上海,听妹妹们说,我们在广州的时候,睡房门紧闭,包弟每天清早守在房门口等候我们出来。它天天这样,从不厌倦。它看见我们回来,特别是看到萧珊,不住地摇头摆尾,那种高兴、亲热的样子,现在想起来我还很感动,仿佛又听见由起女士的问话:"您的小狗怎样?"

"您的小狗怎样?"倘使我能够再见到那位日本女作家,她一定会拿同样的一句话问我。她的关心是不会减少的。然而我已经没有小狗了。

一九六六年八月下旬红卫兵开始上街抄"四旧"的时候,包弟变成了我们家的一个大"包袱",晚上附近的小孩时常打门大喊大嚷,说是要杀小狗。听见包弟尖声吠叫,我就胆战心惊,害怕这种叫声会把抄"四旧"的红卫兵引到我家里来。当时我已经处于半靠边的状态,傍晚我们在院子里乘凉,孩子们都劝我把包弟送走,我请我的大妹妹设法。可是在这时节谁愿意接受这样的礼物呢?据说只好送给医院由科研人员拿来做实验用,我们不愿意。以前看见包弟作揖,我就想笑,这些天我在机关学习后回家,包弟向我作揖讨东西吃,我却暗暗地流泪。

形势越来越紧。我们隔壁住着一位年老的工商业者,原先是某工厂的老板,住屋是他自己修建的,同我的院子只隔了一道竹篱。有人到他家去抄"四旧"了。隔壁人家的一动一静,我们听得清清楚楚,从篱笆缝里也看得见一些情况。这个晚上附近小孩几次打门捉小狗,幸而包弟不曾出来乱叫,也没有给捉了去。这是我六十多年来第一次看见抄家，人们拿着东西进进出出，一些人在大声叱骂，有人摔破坛坛罐罐。这情景实在可怕。十多天来我就睡不好觉，这一夜我想得更多，同萧珊谈起包弟的事情，我们最后决定把包弟送到医院去，交给我的大妹妹去办。

包弟送走后，我下班回家，听不见狗叫声，看不见包弟向我作揖、跟着我进屋，我反而感到轻松，真有一种甩掉包袱的感觉。但是在我吞了两片眠尔通、上床许久还不能入睡的时候，我不由自主地想到了包弟，想来想去，我又觉得我不但不曾甩掉什么，反而背上了更加沉重的包袱。在我眼前出现的不是摇头摆尾、连连作揖的小狗，而是躺在解剖桌上给割开肚皮的包弟。我再往下想，不仅是小狗包弟，连我自己也在受解剖。不能保护一条小狗，我感到羞耻；为了想保全自己，我把包弟送到解剖桌上，我瞧不起自己，我不能原谅自己！我就这样可耻地开始了十年浩劫中逆来顺受的苦难生活。一方面责备自己，另一方面又想保全自己，不要让一家人跟自己一起堕入地狱。我自己终于也变成了包弟，没有死在解剖桌上，倒是我的幸运。……

整整十三年零五个月过去了。我仍然住在这所楼房里，每天清早我在院子里散步，脚下是一片衰草，竹篱笆换成了无缝的砖墙。隔壁房屋里增加了几户新主人，高高墙壁上多开了两扇窗，有时倒下一点垃圾。当初刚搭起的葡萄架给虫蛀后早已塌下来扫掉，连葡萄藤也被挖走了。右面角上却添了一个大化粪池，是从紧靠着的五层楼公寓里迁过来的。少掉了好几株花，多了几棵不开花的树。我想念过去同我一起散步的人，在绿草如茵的时节,她常常弯着身子,或者坐在地上拔除杂草,在午饭前后她有时逗着包弟玩。……我好像做了一场大梦。满园的创伤使我的心仿佛又给放在油锅里熬煎。这样的熬煎是不会有终结的,除非我给自己过去十年的苦难生活做了总结,还清了心灵上的欠债。这绝不是容易的事。那么我今后的日子不会是好过的吧。但是那十年我也活过来了。

即使在"说谎成风"的时期,人对自己也不会讲假话,何况在今天,我不怕大家嘲笑,我要说:我怀念包弟,我想向它表示歉意。

1980年1月4日

名师赏析

巴金晚年的创作充满忏悔精神,直面自己曾遭扭曲的人格,直抵灵魂,解剖自我。文章的内容大都比较朴实,但情感真挚,充满自省。

《小狗包弟》是其中的名篇。写一条与自己相依为命的小狗,一条曾给自己带来无限快乐的小狗,因为一场变故,自己害怕受到牵连,只好忍心将其抛弃的故事。这本是生活中的一件小事,在一般人看来,为了生存抛弃一条小狗,又算什么!但巴金不这样想。狗是情义之兽,能与主人同生共死,但人类怎么就能因自身遭遇变故,人情殆尽,就背叛狗呢？这是一个严肃的问题，这是人类在自然生物法庭上遭到审判时必须回答的一次讯问。作者在文中说："不能保护一条小狗，我感到羞耻；为了想保全自己，我把包弟送到解剖桌上，我瞧不起自己，我不能原谅自己！"通过小狗包弟的命运，放大了那个时代里许多善良的人的悲惨命运，引人深思。

文章采用"自然流"的方式写作，叙写内容，段落层次，表现手法，一切都自然而然，不见刻意的技法，又显出高深的技巧。

病中（一）

　　整整七个月我不曾在书桌前坐过片刻。跟读者久别，我感到寂寞。我是去年十一月七日晚上在家里摔断左腿给送进医院的。在好心的医生安排的"牵引架"上两个月的生活中，在医院内漫长的日日夜夜里，我受尽了回忆和噩梦的折磨，也不断地给陪伴我的亲属们增添麻烦和担心（我的女儿、女婿、儿子、侄女，还有几个年轻的亲戚，他们轮流照顾我，经常被我吵得整夜不能合眼）。我常常讲梦话，把梦境和现实混淆在一起，有一次我女婿听见我在床上自言自语："结束了，一个悲剧……"几乎吓坏了他。有时头脑清醒，特别是在不眠的长夜里，我反复要自己回答一个问题：我的结局是不是就在这里？我忍受不了肯定的回答，我欠下那么多的债，绝不能这样撒手而去！一问一答，日子就这样地挨过去了，情况似乎在逐渐好转，"牵引"终于撤销；我也下床开始学习走路。半年过去了。

　　我离开了医院。但离所谓"康复"还差很大一段路。我甚至把噩梦也带回了家。晚上睡不好，半夜发出怪叫，或者严肃地讲几句胡话，种种后遗症迫害着我，我的精神得不到平静。白天我的情绪不好。食欲不振，人也瘦多了。我继续在锻炼，没有计划，也没有信心。前些天我非常害怕黑夜，害怕睡眠，夜晚躺在床上，脑子好像一直受到一个怪物的折磨。家人替我担心，我也不能不怀疑："结束的时候是不是已经到来？"但是我并不灰心，我坚持一个念头：我要活下去。我不相信噩梦就能将我完全制伏。这两夜我睡得好些，没有梦，也没有干扰。女婿在我的床前放了一架负离子发生器，不知道是不是它起了作用。总之睡眠不再使我感到恐惧了。

在病中我得到很多朋友和读者的来信。写信的有不少熟人，也有从未见过面的读者。除了鼓励、慰问的话外，还有治病经验、家传秘方、珍贵药物，等等，等等。最初将近三个月我仰卧在床上不能动弹，只能听孩子们给我念来信的内容。那么真挚的好心！我只能像小孩似的流了眼泪。我无法回信，而且在噩梦不断折磨下也记不住那些充满善意的字句。信不断地来，在病床前抽屉里放了一阵又给孩子们拿走了。我也忘记了信和写信的人。但朋友们(包括读者)寄出的信并未石沉大海，它们给了一个病人以求生的勇气。倘使没有它们，也许今天我还离开不了医院。

我出院，《大公报》上发表了消息，日本朋友也写信来祝贺。我在医院里确实受到了优待，在病房内几次接待外宾，还出院去会见法国总统。《寒夜》摄制组的成员到过病房，找我谈塑造人物的经过和自己今天的看法。还有人来病榻前给我塑像，为我摄影。最使我感动的是春节期间少年宫的儿童歌舞团到医院慰问病人，一部分小演员到病房为"巴金爷爷"表演歌舞。天真活泼的小姑娘在我耳边报告节目，并作一些解释，他们表演得十分认真。看见他们告辞出去，我流了眼泪。

我在医院里度过春节。除夕的午后女儿告诉我，孩子们要带菜来同我一起吃"团年饭"。我起初不同意,我认为自己种的苦果应该自己吃,而且我已经习惯了医院的生活。但是孩子们下了决心,都赶来了。大家围着一张小桌匆匆地吃了一顿饭,并没有欢乐的气氛,我也吃得很少,但心里却充满了感激之情。刚吃完这一顿"团年饭",孩子们收拾碗筷准备回家(这一夜由我的兄弟"代班"),曹禺夫妇来了。他们说过要陪我度过除夕,还约了罗荪夫妇。孩子们走了,他们一直坐到八点,他们住在静安宾馆,来往方便。我这种冷清清的病人生活打动了他们的心,曹禺又是一向关心我的老友,这次来上海,几乎每天都要来探病,他比较喜欢热闹,因此不忍把孤寂留给我。我和我兄弟费了不少唇舌才说服他们夫妇穿上大衣离开病房。

我兄弟照顾我睡下不久,罗荪夫妇来了,他们事情多,来迟了些,说是要同我一起"守岁",但是曹禺已去,我又睡下,进入半睡眠的状态,他们同我兄弟谈了一会,也就扫兴地告辞走了。

我想,现在可以酣畅地睡一大觉了。谁知道一晚上我就没有闭过眼睛。友情一直在搅动我的心。过去我说过靠友情生活。我最高兴同熟人长谈,沏一壶茶或者开一瓶啤酒,可以谈个通宵。可是在病房里接待探病的朋友,多讲几句,多坐一会,就感到坐立不安、筋疲力尽。"难道你变了?"我答不出来,满身都是汗。

"把从前的我找回来,"我忽然讲出了这样一句话。不仅是在除夕,在整个病中我想得最多的也就是这一句。但是连我也明白从前的我是再也找不回来的了。我的精力已经耗尽了。十年"文革"绝不是一场噩梦,我的身上还留着它的恶果。今天它还在蚕食我的血肉。我无时无刻不在跟它战斗，为了自己的生存，而且为了下一代的生存。我痛苦地发现，在我儿女、在我侄女的身上还保留着从农村带回来的难治好的"硬伤"。我又想起了自己的梦话。即使我的结局已经到来，这也不是"一个悲剧"。即使忘掉了过去的朋友，我想我也会得到原谅，只要我没有浪费自己最后的一点精力。

我的病房朝南，有一个阳台，阳台下面便是花园。草地边上有一个水池。这次我住在三楼。八〇年七月我在二楼住过，经常倚着栏杆，眺望园景，早晨总看见一个熟人在池边徘徊，那就是赵丹，他当时还不知道自己已身患癌症，我也不知道三个月后就要跟这个生龙活虎般的人永别。三年过去了。这次住院，我行动不便，但偶然也在栏前站立一会。我又看见水池，池边也有人来往，也有人小坐。看见穿白衣的病人，我仿佛又见到了赵丹，可是我到哪里去找他那响亮的声音呢？！

我在栏前看见过黄佐临同志在草地上散步，他早已出院了。这位有名的戏剧导演住在我隔壁的病房里，春节大清早，他进来给我"拜节"。同来的还有影片《家》的编导陈西禾同志。西禾坐在轮椅上让人推着进房。他是二楼的老病人，身体差，谈得不多，但熟人见面，有说有笑。几个月过去了，出院前我到二楼去看过西禾两次：第一次他在睡觉；第二次他坐在床上，他的夫人在照料他，他十分痛苦地连连说："非人生活。"我说不出一句安慰的话。我想起四十年代我们在霞飞坊相聚的日子，想起他的剧本《沉渊》的演出，我永远忘不了他在李健吾的名剧《这不过是春天》中有声有色的表演。我忍住泪默默地逃走了。多少话都吞在肚里，我多么希望他活下去。没有想到我出院不到五十天就接到他的讣告。什么话都成了多余，他再也听不见了。

1983年7月5日

名师赏析

　　散文的语言讲究质朴，但又内涵丰富。诚如苏轼所说，这种语言"质而实绮，癯而实腴""外枯而中膏，似淡而实美"。巴金的散文，特别是晚年在病中写作的一组散文，平淡清逸，质朴厚重，意味隽永，具有这种质朴的美。

　　本文写自己晚年在家里摔断左腿住进医院，在"牵引架"上两个月的生活。文中不但写自己在病中日日夜夜受尽回忆和噩梦的折磨，也给陪伴自己的亲人和朋友增添了麻烦和担心。作者写全国各地和国外友人的大量来信和问候，写春节期间儿童歌舞团的小朋友到病房表演歌舞，写旧友除夕的来访和陪护……内心深处充满感激和自责，倾诉了要"把从前的我找回来"的美好心愿。

　　文章没有华丽的词藻，有的只是作者饱含真情的语言文字，文辞清新自然，畅达自如，是我国现代散文的巅峰之作。

静寂的园子

没有听见房东家的狗的声音,现在园子里非常静。那棵不知名的五瓣的白色小花仍然寂寞地开着。阳光照在松枝和盆中的花树上,给那些绿叶涂上金黄色。天是晴朗的,我不用抬起眼睛就知道头上是晴空万里。

忽然我听见洋铁瓦沟上有铃子响声,抬起头,看见两只松鼠正从瓦上溜下来,这两只小生物在松枝上互相追逐取乐。它们的绒线球似的大尾巴,它们的可爱的小黑眼睛,它们颈项上的小铃子吸引了我的注意。我索性不转睛地望着窗外。但是它们跑了两三转,又从藤萝架回到屋瓦上,一瞬间就消失了,依旧把这个静寂的园子留给我。

我刚刚埋下头,又听见小鸟的叫声。我再看,桂树枝上立着一只青灰色的白头小鸟,昂起头得意地歌唱。屋顶的电灯线上,还有一对麻雀在吱吱喳喳地讲话。

我不了解这样的语言。但是我在鸟声里听出了一种安闲的快乐。它们要告诉我的一定是它们的喜悦的感情。可惜我不能回答它们。我把手一挥,它们就飞走了。我的话不能使它们留住,它们留给我一个园子的静寂。不过我知道它们过一阵又会回来的。

我坐在书桌前俯下头写字，没有一点声音来打扰我。我正可以把整个心放在纸上。但是我渐渐地烦躁起来。这静寂像一只手慢慢地挨近我的咽喉，我感到呼吸不畅快了。这是不自然的静寂。这是一种灾祸的预兆，就像暴雨到来前那种沉闷静止的空气一样。

我似乎在等待什么东西。我有一种不安定的感觉，我不能够静下心来。我一定是在等待什么东西。我在等待空袭警报；或者我在等待房东家的狗吠声，这就是说，预行警报已经解除，不会有空袭警报响起来，我用不着准备听见凄厉的汽笛声（空袭警报）就锁门出去。近半月来晴天有警报差不多成了常例。

可是我的等待并没有结果。小鸟回来后又走了；松鼠们也来过一次，但又追逐地跑上屋顶，我不知道它们消失在什么地方。从我看不见的正面楼房屋顶上送过来一阵的乌鸦叫。这些小生物不知道人间的事情，它们不会带给我什么信息。

我写到上面的一段，空袭警报就响了。我的等待果然没有落空。这时我觉得空气在动了。我听见巷外大街上汽车的叫声。我又听见飞机的发动机声，这大概是民航机飞出去躲警报。有时我们的驱逐机也会在这种时候排队飞出，等着攻击敌机。我不能再写了，便拿了一本书锁上园门，匆匆地走到外面去。

在城门口经过一阵可怕的拥挤后，我终于到了郊外。在那里耽搁了两个多钟头，和几个朋友在一起，还在草地上吃了他们带出去的午餐。警报解除后，我回来，打开锁，推开园门，迎面扑来的仍然是一个园子的静寂。

我回到房间，回到书桌前面，打开玻璃窗，在继续执笔前还看看窗外。树上、地上、满个园子都是阳光。墙角一丛观音竹微微地在飘动它们的尖叶。一只大苍蝇带着嗡嗡声从开着的窗飞进房来,在我的头上盘旋。一两只乌鸦在我看不见的地方叫。一只黄色小蝴蝶在白色小花间飞舞。忽然一阵奇怪的声音在对面屋瓦上响起来,又是那两只松鼠从高墙沿着洋铁滴水管溜下来。它们跑到那个支持松树的木架上,又跑到架子脚边有假山的水池的石栏杆下,在那里追逐了一回,又沿着木架跑上松枝,隐在松叶后面了。松叶动起来,桂树的小枝也动了,一只绿色小鸟刚刚歇在那上面。

狗的声音还是听不见。我向右侧着身子去看那条没有阳光的窄小过道。房东家的小门紧紧地闭着。这些时候那里就没有一点声音。大概这家人大清早就到城外躲警报去了,现在还不曾回来。他们回来恐怕在太阳落坡的时候。那条肥壮的黄狗一定也跟着他们"疏散"了,否则会有狗抓门的声音送进我的耳里来。

我又坐在窗前写了这许多字。还是只有乌鸦和小鸟的叫声陪伴我。苍蝇的嗡嗡声早已寂灭了。现在在屋角又响起了老鼠啃东西的声音。都是响一回又静一回的,在这个受着轰炸威胁的城市里我感到了寂寞。

然而像一把刀要划破万里晴空似的,嘹亮的机声突然响起来。这是我们自己的飞机。声音多么雄壮,它扫除了这个园子的静寂。我要放下笔到庭院中去看天空,看那些背负着金色阳光在蓝空里闪耀的灰色大蜻蜓。那是多么美丽的景象。

1940年10月11日在昆明

名师赏析

巴金早期的散文具有青春明朗的格调，重视景物和意象描写，将情感深藏在文本之中，给人以清新的感受和含蓄的韵味。

本文写抗战时期的昆明，作者没有明写战争的硝烟，反过来，描写的却是一座寂静的园子。作者用充满诗情的笔调，写松鼠在其中窃窃私行，写各种各样的鸟无知地发出不同的叫声。树上、地上、满个园子都是阳光。听不到狗叫，自然也没有人影。这表面的寂静里其实满是战争，满是恐怖，深刻的思想内容全用景物描写来暗示，给文章蒙上了一层凄美的诗意。

反衬的手法在文中有多处妙用，诸如用松鼠颈项上铃子的响声、小鸟的叫声来反衬园子的静寂；写松鼠的追逐取乐、小鸟得意的歌唱烘托园子的温馨安宁气氛，与警报响起后的拥挤和纷乱形成对比，用高超手法来揭露侵略者的罪行。

筑渝道上

别贵阳

听说是早晨六点钟开车,我不等天亮便醒了,用手电筒照着看表,不过四点多钟,"公寓"里还是一片黑,一片静。我想再睡一会儿,闭上眼睛,脑子里却好像起了骚动似的,思想起落不停,我觉得烦躁,便睁开眼从床上坐起。天开始泛白色,房里的桌椅在阴暗中渐渐地露了出来。等我穿好衣服,用昨夜留下的冷水洗了脸漱过口,茶房才用含糊的瞌睡声来叩门。

我应当感谢这个年轻的茶房,他为我至少牺牲了一小时的睡眠,他把我的两只皮箱提下楼,又为我打开"公寓"的大门,还跑到街上去叫来一部黄包车。

天已经大亮,麻雀吱吱喳喳地在檐前叫个不停,清晨的凉风送我上车。我望了望河边的几株绿杨,桥头停着好几辆去花溪的马车。只有箱子似的车身,马不知歇在哪里,倘使不离开贵阳,我今天会坐这样的车到花溪去。但是现在我失掉机会了。啊,不能这样说,我看表,只差十分钟就到六点;黄包车还要走一大段路。又有上坡路,说不定我到车站时,邮车已经开走了。我很着急,可是车夫拖着人和箱子走不动,也没有办法。

我后来下了车让车夫单拉行李，车子终于到了邮车站。我并没有来迟，好几部汽车都停在站上。开重庆的汽车到七点钟才开出车站。这次我安稳地坐在司机台上，两手抱着皮包，眼光透过玻璃窗直望前面的景物。

街旁的店铺依次向后退去，尘沙在空中飞腾，汽车跑着、吼着，沿着灰白色的公路，离开了阳光笼罩的贵阳城。车很兴奋，我也很兴奋。

筑渝道上

汽车疯狂似的跑着。它抛撇了街市，抛撇了人群。它跑进了山中，在那里它显得更激动了。

公路像一条带子，沿着山坡过去，或者就搭在坡上，叫车子左弯右拐，有时绕过山，有时又翻过山。我只见一座一座的山躲到我后面去，却不晓得走过了若干路程。

山全是绿色，树枝上刚长满新叶，盛开的桃李把它们的红白花朵，点缀在另一些长春的绿树中间。一泓溪水，一片山田，黄黄的一大片菜花，和碧绿的一大块麦田。小鸟在枝头高叫，喜鹊从路上飞过。两三个乡下人迎面走来，停在路边，望着车子微笑。七八匹驮马插着旗子摇着项铃慢吞吞地走着，它们听见了车声便慌张地让路。

这一切抓住了我的心。我真想跳下车去扑倒在香味浓郁的菜花中间，我真想像罗曼·罗兰的英雄克利斯多夫那样叫道："为什么你是这样地美？……我抓住你了！你是我的！"

一片土，一棵树，一块田……它们使我的眼睛舒畅，使我的呼吸畅快，使我的心灵舒展。我爱这春回大地的景象，我爱一切从土里来的东西，因为我是从土里来，也要回到地里去。

生命，无处不是生命。在现代化的城市里生命常常被窒息；在这群山中，在这田野上，生命是多么丰富，多么美！

正午我们在坝水镇吃中饭，阳光当顶，天气相当热。午前我们的车子经过乌江，那是一段从石山中间凿出来的危险路，车子紧紧地傍着悬崖走，一旦失脚，便会落在无底的江中。铁桥是新近造成的，高高地架在江上，连接了两座大山。车子过了桥，便往对面的山上爬去，我转脸一望，已经绕过一个大圈子了。下午，太阳快落坡的时候，我们到了被称为"黔北锁钥"的娄山关，车子再往前走，从山上转着急弯盘旋下去，路也是相当危险的。司机精神贯注地转动车盘。我朝下望，公路在两座绿色的高山中间一弯一拐，恰像一条山涧流向我的眼光达不到的地方。车子一颠一簸地往下滚动的时候，我注意司机的脸部表情，那种严肃和紧张是看得出来的。但是我放心了，仿佛眼前就是平坦的大路。

我们到达桐梓的时候，太阳刚落下山去。月亮已经挂在天空了。又是一个温暖的月夜。

晚上在桐梓的街上散步。只有几条街，相当整齐；还有电灯，这倒是我没有料到的。

我和另一位乘车者这一夜就住在邮车站附近一个人家，离城有一公里远，我们踏着月色走回那边去。坐了一天车子以后，走在宽阔的马路上，我觉得非常爽快。

第二天早晨天不亮，我就起来了，可是在车站上还耽搁了好一阵子。天色阴暗，我们头顶上便是大片灰暗的云，好像随时都会落雨似的。

　　车子经过花秋坪，这里又是一个危险地方，不过我在车上什么也看不见。车到山顶，四周全是云雾，我看见一块写着"花秋坪全景眺望台"的牌子。从那里望下去，我应该看见许多东西，但是一片雾海把它们全遮住了。车就在云雾中走，前后都好像没有路似的。然而转一个弯，过一个坡，路自然地现出来了。下了山，抬头一望，山头云雾弥漫，我不觉疑惑地想起来：我真的是从那座山上下来的么？路在什么地方呢？今天换了一个司机，是广东人，也是一个熟手，和昨天的湖北司机一样，而且他更镇定，更沉静，开车更有把握。我用不着担心。

　　押车的还是昨天的旧人，他坐在邮袋上。每到一个邮局或者代办所，车停住，他就得爬下来办事情。昨天在遵义搬了那么多沉重的袋子下来，也够他辛苦了。今天的工作倒轻松了些。

　　车子过綦江，并没有停多久，但我们也下去站了一会儿。坐得太久了，也是一件苦事。然而前面还有八十几公里的路。

　　在一品场停车受检查，海关人员和宪兵都爬上车来，检查相当仔细，我的两只箱子都打开了。在前面另一个地方还要经过一次检查手续。每一次检查都告诉我们：重庆城就近在目前了。

　　五点半钟，车子到达海棠溪，在公路车站前我瞥见了一个朋友的影子，他追上来在车窗外向我招手，我还来不及回答他，车子就把我载到江边叠满石子的滩上。

　　我下了车，望着那个向我跑过来的朋友的影子，我放心地吐了一口气：现在我终于到了重庆了。

1942 年 3 月 30 日在重庆

名师赏析

二十世纪四十年代,巴金在贵阳度过一段难忘的岁月,不但收获了爱情,还酝酿和创作了《憩园》《第四病室》等名篇。本文记叙作者离开贵阳,前往重庆途中的一些琐事,无论是写茶房的送别,还是中途夜宿,早起观景,看似无意的闲笔,实则饱含深情。因为这一切都抓住了作者的心,由此感受到大自然"无处不是生命"的生存之理,从而更加坚定了作者对生活的信心。作者自己曾说,重读这些作品,"我更加热爱生活,仍然鼓舞我前进"。

本文用大量心理描写,记载细微的人生感触,很有文学的质感。比如写途中夜宿,在桐梓的街上散步所见,"只有几条街,相当整齐;还有电灯,这倒是我没有料到的"。又如记述"花秋坪全景眺望台",叙写海关宪兵的检查和海棠溪遇友,都是用极俭省的笔墨,来写自己内心真实的感受。

文中有"我",在巴金的散文中,得到淋漓尽致的发挥。

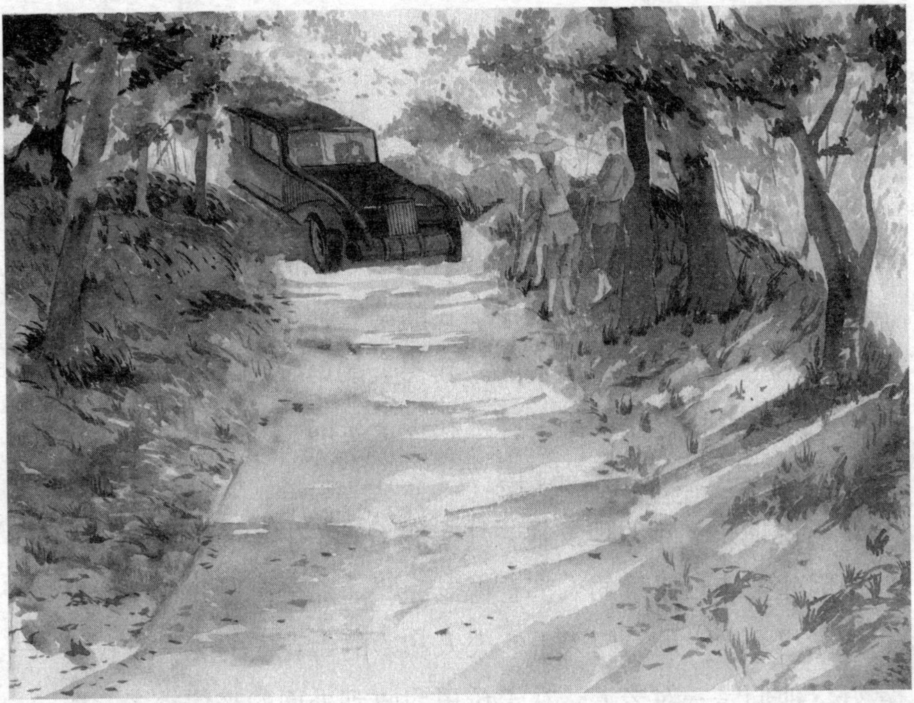

沙多—吉里

在法国我比较熟悉的地方是沙多—吉里，我住得最久的地方也是沙多—吉里，一年零一两个月。五十年来我做过不少沙多—吉里的梦，在事繁心乱的时候，我常常想起在那个小小古城里度过的十分宁静的日子。我的第一部小说是在这里写成的，是从这里的邮局寄出去的。我头上的第一根白发也是在这里发现的，是由这里的理发师给我拔下来的。我还记得那位理发师对我说："怎么就有了白头发，您还是这么年轻呢！"我在小说里说他是老年的理发师，其实他不过是中年人，当时我年轻，因此把年长于我的人都看得老一些。那个时候我住在拉封丹中学里，中学的看门人古然夫人和她的做花匠的丈夫对我非常好，他们是一对老人。在学校里我收到外面的来信较多，那些信都是古然夫人亲手交给我的。我和两个同学在沙多—吉里度过第二个暑假，那一段时间里，我们就在传达室里用餐，古然夫人给我们做饭，并且照料我们。这三四个星期，学校里就只有我们和他们夫妇，别的人都休假去了。总学监还在城里，但也只是每隔七八天到学校里走走看看。在我的脑子里许多熟人的面貌都早已模糊了。只有古然夫妇的慈祥的面颜长留在我的记忆中。我总觉得我有一张他们老夫妇的合影，可是找了几次都没有找到，后来才明白这只是我的愿望和幻想。

我留在沙多—吉里最后那些日子里，每天在古然夫人家（也就是传达室内）吃过晚饭，我们三个中国人便走出校门，到河边田畔，边走边谈，常常散步到夜幕落下、星星闪光的时候。我们走回校门，好心的老太太早已等在那里，听到她那一声亲热的"晚安"，我仿佛到了家一样。一九六一年我回忆沙城生活的时候曾经写过这样的话："她那慈母似的声音伴着我写完《灭亡》，现在又在这清凉如水的静夜伴着我写这篇回忆。愿她和她那位经常穿着围裙劳动的丈夫在公墓里得到安息。"

在我靠边挨斗的那一段时期中，我的思想也常常在古城的公墓里徘徊。到处遭受白眼之后，我的心需要找一个免斗的安静所在，居然找到了一座异国的墓园，这正好说明我当时的穷途末路。沙多—吉里的公墓我是熟悉的，我为它写过一个短篇《墓园》。对于长时间挨斗的人，墓园就是天堂。我不是说死，我指的是静。在精神折磨最厉害的时候，我也有过短暂的悲观绝望的时刻，仿佛茫茫天地间就只有一张老太太的脸对我微笑。

但是这些都过去了。经过十年的考验，我活了下来，我还能够拿笔，我还能够飞行十七个小时。我居然第二次来到沙多—吉里，我居然重新走进拉封丹中学的大门。我走进五十年前的大饭厅的时候，我还在想我是不是在做梦。

饭厅的外形完全没有改变，只是设备更新了。我进了每天经过多少次的厨房，我过去住在大饭厅的楼上。厨房里焕然一新，从前的那张长桌和那把切面包的刀不见了。有一次在假日，我用那把刀切别的东西，割伤了左手的小指头，到今天刀痕还留在我的手指上。经过厨房我上了楼，临窗的甬道还是那个样子。只是我住过的房间改小了。当时住在紧隔壁的就是那位学哲学的朋友，他现在是华中师范学院的教授，他听说我到了法国，却想不到我"会去拉封丹中学大饭厅楼上我们同住过的宿舍"。两个房间都是空空的，好像刚刚经过粉刷或者修整。我手边还有着一张五十一年前的旧照；我的书桌上有成堆的书。我在房门外立了片刻，仿佛又回到那些宁静的日子。我看见自己坐在书桌前埋着头在练习簿上写字，或者放下笔站起来同朋友闲谈。我又走下楼，走到后院，到枝叶繁茂的苦栗树下，过去我起得早，喜欢在这里散步，常常看见那个在厨房劳动的胖姑娘从校长办公室里推开百叶窗，伸出头来微笑。我又从后院走进有玻璃门的过道，从前在假日我常常拿本书在过道里边走边读，几次碰到留小胡子的总学监，他对我的这种习惯感到惊奇。然后我又走到学生宿舍楼上的房间，另一个中国同学曾经在这里住过，也是我当时常到的地方。

　　这一天和下一天都是假日，看不见一个学生。这样倒好，免得惊动别人。说实话，我自己也想不到会有沙多—吉里之行。我没有主动地提出这个要求，虽然我满心希望能够在这个宁静的古城哪怕待上二三十分钟，可是我没有理由让同行的人跟随我寻找过去的脚迹。殷勤好客的主人中有人熟悉我的过去，读过我的文章，知道我怀念玛伦河上的小城，便在日程上做了安排，这样我就到沙多—吉里来了。连远在武汉的"哲学家"也感到"事出意外"，我的高兴是可想而知的。

　　一九二八年十月中旬，我离开巴黎去马赛上船的前夕，最后一次到沙多—吉里去，只是为了拿着身份证到警察局去签字，以便在中国公使馆办回国的签证。这是早已忘记、临时发现、非办不可的事。我买了来回的火车票，来去匆匆，非常狼狈，心情十分不好。这一次坐小车沿着高速公路开进沙多—吉里，在学校的院子里停下来。年纪不太大的女校长冒着细雨在门口迎接我们，还有一位身材高大的副市长和一位老同学，他已经是诗人和作家了。

学校有大的变化，而我不用介绍和解释，便了解一切。我觉得对这里我仍然熟悉。一棵苦栗树，两扇百叶窗，都是我的老朋友。但是在我身边谈笑的那些新朋友不是显得更友好、更亲切么？我从来没有像这样把过去和现在混在一起，将回忆和现实糅在一起，而陶醉在无穷尽的友谊之中！我甚至忘记了时间的短暂。副市长从学校把我接到市政厅，打着伞送我进去。那是我过去没有到过的地方，在那里市长安·罗西先生为我们代表团举行了招待会，用热情、友谊的语言欢迎我们。我和他碰了杯，和在座的法国朋友碰了杯，从市长和副市长的手里分别接过了沙多—吉里的市徽和沙城出生的伟大诗人拉封丹的像章，对我来说，再没有更珍贵的礼物了。过去我想念沙城的时候，我就翻看我回国写的那几个短篇（《洛伯尔先》《狮子》《老年》和《墓园》）。今后我看见这两样礼物，就好像重到沙城。何况我手边还有老同学阿·巴尔博赠送的他的三卷作品。

这一次我又是满载而归，我得到了广泛的友谊。在市长的招待会上表示感谢的时候，我讲起了古然夫人慈母般的声音带给我的温暖。但是从市政厅出来，我们就离开了沙多—吉里。就只有短短的几十分钟！我没有打听到古然夫妇安葬在哪里，也没有能在他们的墓前献一束鲜花。回到北京我才想起我多年的心愿没有实现。不过我并不感到遗憾。这次重访法国的旅行使我懂得一件事情：友谊是永恒的，并没有结束的时候。即使我的骨头化为灰烬，我追求友谊的心也将在人间燃烧。古然夫人的墓在我的心里，墓上的鲜花何曾间断过。重来沙多—吉里也只是为了扩大友谊。我没有登古堡，过桥头，可是在心上我重复了五十一二年前多次的周末旅行。回到上海，回到离开四十天的家，整理带回来的图书、画册和照片，我感觉到心里充实。我几次走到窗前，望着皓月当空的蓝天，我怀念所有的法国的友人……

　　回到上海我又想起住在武汉的"哲学家"，他来信问我："不知玛伦河桥头卖花小铺是否仍在？你还去买了一束鲜花？"他比我先到沙多—吉里，对那个宁静、美丽的古城有同样深的感情。他还记得桥头的花店，我们在校长夫人和小姐的生日就到那里买花束送去。花店里有一个名叫曼丽的金发小姑娘，遇见我们她总要含笑地招呼一声。倘使她还健在，也是七十光景的老太太了。那天下着小雨，我在车上看桥头，花店还在，却不是从前那个样子。我没有下车停留。后来我才想：要是能够留一两天问清楚每个熟人的情况，那有多好。其实，凭我这一点印象，真能够打听清楚我想知道的一切吗？五十年并不短……而且中间发生了世界大战。连拉封丹中学的外国学生登记名册也不全了，我只找到一个熟悉的人："巴恩波"，我找不到"哲学家"的大名，也找不到我自己的名字：——Li Yao Tang（李尧棠）。

1979 年 7 月 12 日

名师赏析

善于大开大合，于历史的纵轴上，涂满几缕亮色，来展现时代气息，是巴金回忆性散文的突出特征。

沙多—吉里是法国巴黎郊外的一座宁静的小城。早年，作者留学法国，曾在城内的拉封丹中学生活了一年零两个月，就住在食堂楼上的宿舍里。在这里，作者结识了门人古然夫人，与她们一家留下了深厚的友谊；在这里，作者第一次用巴金的笔名，完成小说《灭亡》的创作，从此走上了文学之路。这段经历于作者留下刻骨铭心的记忆，以至于在靠边挨斗的那段时期，也常常想起古城的公墓，还特意写了一篇《墓园》。作者说："对于长时间挨斗的人，墓园就是天堂。"他爱好那里的寂静。

文中写到自己五十年后重访故地，追怀往事，抚摸以前自己用过的课桌；在答谢词中，深情回忆善良的古然夫人。这些细致周到的笔墨，无不令人感动。在广阔的时空背景中，呈现历史的真实。结构布局和人物描写，都表现出很高的技巧。